오세혁의 상상극장

오세혁 에세이

작가의 말

저는 좋아하는 사람들에게

재밌는 이야기를 들려주는 걸 좋아합니다.

좋아하는 사람들이 웃는 순간은

제 인생의 가장 행복한 순간입니다.

제가 좋아하는 사람들은 다양합니다.

그래서 그들이 바라는 웃음도 다양합니다.

A는 골치 아픈 생각을 웃음으로 날려 버리고 싶습니다.

B는 머물러 있는 슬픔을 웃음으로 덜어내고 싶습니다.

C는 답답한 세상을 웃음으로 이겨내고 싶습니다.

D는 떠나간 누군가의 공백을 웃음으로 메꾸고 싶습니다.

좋아하는 사람들이 바라는 다양한 웃음을

언제든 선물해 주고 싶어서

그들을 만나러 갈 때마다

기억을 되살리고 사람을 떠올리며

이야기를 챙겨 나갔습니다.

한 명 한 명에게 이야기를 들려주다 보니

어느새 신문과 잡지에 이야기를 연재하게 되었고

그 이야기들이 쌓여 한 권의 책이 되었습니다.

작가의 말을 쓰기 위해 목차를 한동안 바라보았습니다.

하나의 제목을 바라볼 때마다

그 이야기에 함께

울고 웃었던 사람들이 스쳐 지나갑니다.

쌓인 이야기만큼

좋은 사람들이 곁에 가득합니다.

계속해서

더 많은 사람을 좋아하고 싶습니다.

어쩌면 오늘도 만나게 될

어떤 좋은 사람을 위해

이것저것 이야기를 챙겨 봅니다.

제 이야기에 그 사람이 웃고

그 사람의 웃음에 저도 웃으며

오늘 하루만큼은 우리 모두 행복하길 바라며.

2024년 초여름

오세혁

1부

2부

3부

4부

마루에는 외할머니가 비벼 준 간장밥이 덩그러니 남아 있었다.
나는 자꾸만 무서운 생각이 들어서 그 밥을 먹지 않고 바라만
보았다. 외할머니가 다시 집에 돌아오면, 그 밥을 보란 듯이
맛있게 먹고 싶었다. 하지만 외할머니는 돌아오지 않았다.

외할머니의 간장밥

어린 시절, 부모님의 맞벌이로 대부분 혼자 있었다.

그게 미안했던 어머니는 이모네에서 학교를 다니게 했다. 논과 들과 산이 있는 시골이었다. 이모와 누나들과 외할머니가 있었다.

그 당시의 나는 심술덩어리였다. 밥을 먹다가도 많이 먹으란 말을 들으면 숟가락을 놓았다. 새 옷을 사 주면 냇가에 들어가서 옷이 흠뻑 젖을 정도로 놀았다. 심부름을 시키면 뒷산에 올라 한참을 돌아다니다 들어갔다.

혼날 마음을 먹고 일부러 하는 행동이었는데 아무도 나를 혼내지 않았다. 외할머니가 항상 나를 감쌌기 때문이었다. 나를 감싸는 이유를 알 것 같아서 더 심하게 말썽을 부려도 외할머니는 언제나 내 등을 토닥여 주었다. 그 토닥거림이 괜히 서러워서 자주 울었다.

어린 나는 아마도 엄마와 아빠가 보고 싶었을 것이다. 내가 울 때마다 외할머니는 간장과 참기름에 밥을 비벼 주었다. 그저 쓱쓱 비볐을 뿐인데 언제나 꿀맛이었다. 때로는 간장밥이 먹고 싶어서 일부러 울었다. 외할머니는 장에 다녀올 때면 종종 나를 위해 새로 짠 참기름을 사 오곤 했다. 그 참기름을 보자마자 오늘은 무슨 이유로 울어야 할지 열심히 고민했다.

간장밥을 먹으며 나는 나이를 먹어 갔다. 새해가 오고, 설날을 거쳐, 어버이날이 다가왔다. 나는 전날 밤부터 들떠 있었다. 엄마가 외할머니를 만나러 온다고 했다. 아침 일찍 일어나 기다렸는데 엄마는 오지 않았다. 나는 또 슬슬 심통을 부리기 시작했다. 외할머니는 한숨을 내쉬며 간장과 참기름을 꺼내 들었다.

뾰로통한 얼굴로 간장밥을 먹고 있는데 멀리서 차 소리가 들렸다. 나는 숟가락을 내던지고 달려나갔다. 차에서 내리는 엄마에게 뛰어들었다. 외할머니도 지팡이를 짚고 나와 막내딸을 얼싸안았다. 고기를 구워 준다며 직접 기른 상추를 따 오겠다고 했다. 같이 가겠다는 엄마를 호통까지 쳐 가며 마루에 앉혔다.

엄마는 나에게 용돈을 주었고, 난 그길로 마을 슈퍼로 달려갔다. 외할머니가 달리다 넘어진다고 소리쳤지만 들은 체도 않고 계속 달렸다. 슈퍼에 도착해서 허겁지겁 과자를 골랐다. 슈퍼 앞에 놓인 게임기에 동전을 쌓아 놓고 신나게 게임도 했다.

한참의 시간이 흐른 후, 나는 양손에 과자가 가득한 비닐봉지를 들고 집으로 향했다.

집에 가까워지는데 웬 울음소리가 들렸다. 엄마와 이모들의 소리였다. 느낌이 이상했다.

나는 일부러 큰 소리로 외할머니를 부르며 대문을 열었다. 마당 평상에 외할머니가 눈을 감고 누워 있었다. 엄마와 이모들이 그런 외할머니에게 매달려 울고 있었다. 상추를 따기 위해 밭으로 향하던 외할머니가 비탈길에 미끄러져 의식을 잃었다고 했다. 구급차가 왔고, 외할머니는 여전히 깨어나지 않은 채 실려 갔다.

마루에는 외할머니가 비벼 준 간장밥이 덩그라니 남아 있었다. 나는 자꾸만 무서운 생각이 들어서 그 밥을 먹지 않고 바라만 보았다. 외할머니가 다시 집에 돌아오면, 그 밥을 보란 듯이 맛있게 먹고 싶었다. 하지만 외할머니는 돌아오지 않았다.

장례를 치르는 동안 이상하게도 눈물이 나오지 않았다. 외할머니가 어느 날 갑자기 떠나 버렸다는 사실이 믿기지 않았다. 장례가 끝나고 나면, 또 한번 심통을 부리면, 어디선가 간장과 참기름을 들고 나타날 것 같았다.

며칠이 지나고, 문득 배가 고파진 나는 무심결에 간장과 참기름을 밥에 넣고 비비기 시작했다. 다 비벼진 밥을 한입 떠먹은 순간, 울음이 터져 나왔다. 제아무리 열심히 비벼도 외할머니의 간장밥 맛이 나지 않았다. 아무리 열심히 울어도 외할머니가 나타나서 밥을 비벼 주지 않았다. 그저 혼자 울고 혼자 밥을 비빌 뿐이었다.

내가 과자를 조금만 덜 골랐더라면, 게임을 한 판만 덜 했더라면, 외할머니를 따라 상추밭으로 갔었더라면…, 좀 더 오랫동안 외할머니의 간장밥을 먹을 수 있었을까.

나는 어른이 되었다.

오래된 술버릇이 하나 있다. 술 취해 집에 돌아오면 조건 반사적으로 간장과 참기름을 집어 들고 밥을 비빈다. 여전히 그때의 맛은 나지 않고, 이상하게도 허기는 계속 채워지지 않는다.

산타클로스는 상표가 없다

진짜 산타를 만난 적은 없지만 산타클로스를 연기한 적은 있다.

연극을 하고 싶어서 극단을 만들었지만 무대에 설 기회가 많지 않았다. 우리의 공연을 찾는 곳이 있으면 어디든 달려갔다. 결혼식, 칠순 잔치, 회사 단합 대회, 대학 신입생 환영회, 음식점 신장개업, 마라톤 대회와 자전거 대회 등등, 때와 장소를 가리지 않았다.

때와 장소를 가리지 않을수록 공연 요청이 늘었다. 누군가의 결혼식에서 공연을 본 누군가가 칠순 잔치 공연 의뢰를 하고, 그 칠순 잔치에서 공연을 본 누군가가 회사 단합 대회 공연 의뢰를 하는 식으로 꼬리에 꼬리를 물었다. 그러다 보니 크리스마스가 다가왔고, 우리는 몇몇 유치원으로부터 산타클로스 의뢰를 받게 되었다.

산타클로스라니, 이 거룩한 분을 우리가 연기할 수 있을까. 이 배역은 대체 누구한테 조언을 받아야 할까. 놀랍게도 바로 옆에 있었다.

내가 유치원에 다녔던 시절, 아버지가 산타클로스로 등장한 적이 있었다. 그때 아버지는 내 친구들을 한 명씩 앞으로 나오게 한 뒤에, 그 아이들의 장점을 감쪽같이 알아맞혔다. 그래 너는 책을 좋아해서 어딜 가나 들고 다닌다지. 그래 너는 맛있는 게 있으면 동생과 꼭 나눠 먹는다지. 그래 너는 이번 할머니 생일 때 노래를 불러서 할머니가 참 기뻐하셨다지. 우리는 그때마다 "와!" 소리 지르며 뜨겁게 박수쳤다. 칭찬도 받고 선물도 받으니 기분이 날아갈 것 같았다.

나는 입을 벌린 채 아버지에게 빠져들었다. 우리 아빠가 정말 산타클로스였나?

잠시 후 선물 포장을 뜯으며 알게 되었다. 포장지에 붙은 포스트잇에 유치원 친구들의 장점이 아주 상세하게 적혀 있었다는 걸. 만약 포스트잇이 아니었다면, 나와 친구들은 꽤 오랫동안 산타클로스를 믿었을 것이다.

그렇다면 우리도 유치원 아이들에게 믿음을 줄 수 있지 않을까. 포스트잇만 붙이지 않는다면.

그렇게 우리는 용기를 냈고, 유치원에 미리 문의해서 아이들의 장점을 하나하나 대본처럼 외워 나갔다. 절대로 포스트잇을 붙이지 않기 위해서.

크리스마스이브가 되었고, 나는 사회자가 되어 유치원생들 앞에서 소리쳤다.

"여러분! 산타 할아버지가 지금 막 이곳 서울에 도착했습니다!"

천장이 날아갈 듯한 환호와 함께 우리 극단의 배우가 너털웃음을 지으며 등장했다. 아이들을 한 명 한 명 불러서 장점을 말해 주고, 선물을 주고, 아이들은 행복에 겨워 방방 뛰어다니고, 시대는 2000년대를 달려가고 있었지만 아이들의 동심은 80년대와 똑같았다.

뭉클한 표정으로 아이들을 바라보고 있는데, 한 아이가 슬그머니 다가와 옆구리를 툭 치며 말했다.

"가짜죠?"

순간 당황했지만 애써 웃으며 말했다.

"보면 모르니, 진짜 산타 할아버지란다."

그 아이는 씨익 웃으며 말했다.

"에이, 모자에 상표가 있는데."

그제야 보았다. 산타 모자에 붙어 있는 모 이벤트 업체의 상표를. 나는 얼굴이 빨개져 어쩔 줄 모르는데, 그 아이가 귓가에 대고 말했다.

"걱정 마요. 오늘 하루만 믿어 줄게요."

나도 그 아이의 귓가에 극존칭으로 속삭였다.

"진심으로 감사드립니다."

그 아이 덕분에 우리는 산타클로스를 감쪽같이 연기할 뻔했다. 흐뭇한 표정으로 유치원을 떠나려는데 영수증을 내밀며, 거기 사인을 해야 입금이 된다고 말씀하신 원장 선생님만 아니었다면.

아이들은 어느새 빙 둘러서서 우리의 산타가 영수증에 이름과 계좌번호를 적는 것을 반짝이는 눈으로 바라보았다. 그리고 소리쳤다.

"수고하셨습니다!"

그 말에 산타도 용기를 얻어 수염을 벗으며 소리쳤다.

"믿어 줘서 고마워!"

아, 그러고 보니 내 친구들도 딱 하루만 믿어 주었던 걸까. 우리 아버진 줄 알면서. 어쩌면 포스트잇도 친구들이 몰래 떼어서 버렸던 걸까. 아버지의 얼굴이 빨개지는 걸 막아 주기 위해서.

그럼 친구들이 산타를 믿은 것이 아니라 아버지가 내 친구들을 믿었던 걸까. 그렇다면 크리스마스는 어쩌면 그런 날일까. 믿는 날이 아니라 믿어 주는 날. 서로가 서로를 위해서 딱 하루 귀한 믿음을 선물하는 날.

올해도 어김없이 크리스마스가 찾아온다. 설레는 마음으로 차근차근, 선물할 믿음을 포장해야겠다.

영웅본색과 상상의 극장

내 인생 최초의 영화는 〈영웅본색〉이다.

초등학교에 막 입학했을 때다. 새로 사귄 친구들과 골목에서 이런저런 놀이를 하고 있었다. 골목에 살던 아이들은 나를 포함해서 다들 형편이 좋지 않았다. 길가에 굴러다니는 나뭇가지, 돌멩이, 깡통 따위를 가지고 전쟁놀이를 하다가 슬슬 질리면 소꿉놀이를 했고 그마저도 시큰둥해지면 집에서 온갖 물건을 가져와서 어떻게든 놀이를 만들어냈다. 기다란 고무호스로 줄넘기를 하기도 하고, 빗자루와 연탄집게로 마법사 흉내를 내며 날아다녔다. 가끔 신문지 태운 재를 얼굴에 이리저리 발라가며 나름의 연극 놀이를 하기도 했다. 말 그대로 '이런저런' 창

조를 하며 만들어내는 상상의 놀이였다.

그날도 그렇게 적당히 즐겁고 적당히 따분한 놀이를 펼치고 있을 즈음, 아버지가 싱글벙글한 표정으로 다가와서 극장에 가자고 했다. 다가올 생일 선물로 영화를 보여 주겠다는 것이었다. 나는 그때 '극장'이라는 단어를 처음 들었다. 영화는 당연히 텔레비전에서 〈토요명화〉와 〈주말의 명화〉로만 보는 것이었다.

아버지 손을 잡고 버스를 탔다. 한참을 달린 버스에서 내린 후, 다시 한참을 걸어갔다. 저 멀리 거대한 건물 벽에, 선글라스를 낀 채 담뱃불로 달러를 태우는 주윤발의 그림이 그려져 있었다. 나는 그 그림의 크기에 완전히 압도당했다.

극장 안에 들어가니 그림만큼 커다란 스크린이 있었고, 나는 두 시간 내내 스크린을 뚫어지게 바라보았다. '바라보았다'라는 표현을 쓴 것은, 영화 내용이 하나도 들어오지 않았기 때문이다. 그 거대한 화면 가득 펼쳐지는 새로운 세상의 새로운 풍경에 넋을 잃어서, 소풍 나온 아이처럼 그저 눈에 가득 담기만 했다.

영화를 보고 다시 골목으로 돌아왔을 때, 친구들이 나를 둘러쌌다. 나는 골목에서 가장 먼저 극장에 다녀온 아이가 되어

있었다. 나는 마치 선구자 같은 표정으로 〈영웅본색〉이 어떤 영화인지 이야기를 시작했지만, 사실 아무런 줄거리도 기억나지 않았다. 두 시간 내내 넋이 나가 있었기에 장면의 분위기는 기억났지만, 장면의 순서가 깜깜했다. 별수 없이 먼저 떠오르는 장면 위주로 이야기를 시작했다. 그러다 보니 내용이 완전히 뒤죽박죽이었다.

내 이야기 속에서 주윤발은 경찰이기도 했고 갱이기도 했다. 장국영은 적룡의 동생이기도 했고 주윤발의 동생이기도 했다. 감옥에 들어간 건 적룡이었는데 출소할 때는 주윤발이 되어 있었다. 내가 그렇게 횡설수설을 하는데도 친구들은 감탄과 환호를 거듭했다. 인생 처음으로 받은 박수에 심장이 두근거렸다. 계속해서 이 영광을 누리고 싶었다.

그날 이후 나는 극장에 포스터가 걸릴 때마다 그 영화를 본 것처럼 연기를 했다. 포스터의 분위기로 내용을 짐작한 후 골목으로 달려와서 이리저리 이야기를 꾸며냈다. 골목 놀이에 지친 아이들은 극장이라는 공간에서 펼쳐지는 이야기에 감탄과 환호를 거듭했다. 하지만 극장 독점 체제는 오래가지 못했다.

그날도 어김없이 새로 개봉한 영화에 대해서 마구잡이로 이야기를 풀고 있었다. 그때 한 친구가 자신도 그 영화를 봤다며 나와 전혀 다른 이야기를 들려주는 것이었다. 아이들이 나를 의심의 눈초리로 바라봤다. 분위기를 보니 그 친구 말고는 영화를 본 아이가 없었다. 나는 눈을 질끈 감고 내 이야기가 맞다고 우겼다. 그 친구는 첫 장면부터 새롭게 이야기를 풀기 시작했다. 나도 질세라 다시 첫 장면부터 이야기를 풀었다. 갑자기 아이들 눈앞에, 같은 제목을 가진 두 편의 이야기가 동시 개봉 되었다.

아이들은 우리 둘의 이야기를 번갈아 들어 가며 재미에 따라 장면을 취사선택했다. 환호와 야유도 번갈아 받았다. 어떤 장면은 둘 다 환호를 받았고, 어떤 장면은 둘 다 야유를 받았다.

어느새 어떤 이야기가 진짜인지는 중요하지 않게 되었다. 우리 둘 다 누가 더 재밌는 장면을 만들어내는지에 혈안이 되었다.

아마도 그날, 아이들은 누구 이야기가 진실인지 중요하지 않았던 것 같다. 누구 이야기가 더 재밌는지 투표를 했고, 내가 졌던 것 같다. 더 재밌는 건 그날 이후 극장에 새 영화가 개봉할 때마다 영화를 봤다는 아이들이 늘어났고, 아이들마다 서로 다른 이야기를 풀었다는 것이다. 같은 제목이었지만 아이들마다 주인공과 장르와 주제가 달랐다. 이야기가 모두 끝나고 나면 꼭 투표를 해서 누가 승자인지 가렸다. 모두가 관객인 동시에 창작자였다. 아무것도 없었기에 오히려 무엇이건 만들어낼 수 있었던, 우리만의 상상의 극장이었다.

술을 마시지 말고 사람을 마셔라

술은 무슨 맛으로 마시는 걸까?

아버지가 집에서 홀로 바둑을 두며 소주를 마실 때마다 떠올린 질문이다.

말없이 바둑판을 들여다보다가 말없이 소주를 삼키고는 '크으' 내뱉는 소리. 삼키는 소리인지 내뱉는 소리인지 모르겠는 그 미묘한 소리. 그 소리가 지나가면 고개를 들고 아버지가 나를 찾았다.

내가 옆에서 숙제를 하거나 책을 읽고 있으면, 벌게진 얼굴로 씨익 웃고는 동전을 한 움큼 내 손에 올려 주었다. 동전을 받는 맛으로 거의 매일 밤 아버지 곁에 있었다.

그러다 언젠가 술맛이 딱히 달콤하지는 않을 거라고 느낀 적이 있다. 숙제를 하다가 잠들었는데 반복되는 '크으' 소리에 잠을 깼다. 아버지는 불 꺼진 방에서 보이지도 않는 바둑판을 바라보며 소주를 마시고 있었다. 눈을 감고 귀를 기울이는데, '크으' 소리가 어느새부턴가 들리지 않았다. 한참이 지난 후, 코를 훌쩍이는 소리가 들렸다. 그건 나에게도 익숙한 소리였다. 내가 무언가 속상해서 울 때 내는 소리였다.

아버지가 우는 걸까. 나는 그날 밤 눈을 뜨지 못했다.

며칠 후 우리 집은 더 작은 곳으로 이사를 갔다. 아버지가 친구의 빚 보증을 잘못 섰다는 사실을 한참 후에 알게 되었다. 그날 이후 아버지는 어두운 방에서 소주를 마시는 날이 많았다. 어두운 방에서는 숙제를 할 수도 없고 책을 읽을 수도 없었다. 아버지의 얼굴을 읽을 수도 없었다. '크으' 소리를 계속 들으면, 뭔가 세상의 쓴맛을 너무 일찍 알아 버릴 것 같았다.

소리가 들리지 않는 곳을 찾아 친구 집과 오락실과 도서관을 맴돌았다. 어느새 마시는 모습보다는 마신 후에 이불도 없이 누워 있는 모습을 더 많이 보게 되었다. 나는 점점 더 아버지가 잠들 때 들어왔고, 아버지가 일어나기 전에 학교에 갔다. '크으' 소리는 점점 더 멀어지고 아련해졌다.

시간이 흘러 내가 대학 기숙사로 떠나기 전날 밤, 아버지와 소주를 놓고 마주 앉았다. 아버지가 나에게 술을 따라 주었다. 나도 아버지의 잔에 술을 따랐다. 두 사람이 동시에 '크으' 소리를 냈다. 그러고 아버지는 한동안 말이 없었다. 그저 내 얼굴을 빤히 바라보았다. 그 눈빛이 어색해서 대화인지 혼잣말인지 모를 말을 중얼거렸다.

"술은 무슨 맛으로 마시는 거야?"

그 순간, 아버지는 기다렸다는 듯이 말문을 열었다. 술은 어떻게 마셔야 하고, 어떻게 예의를 지켜야 하고, 술에 취하면 어떻게 해야 하고….

"그러니까, 술이 아니라, 사람을 마신다고 생각하면 돼."

아버지는 그 많은 말이 어색했는지 그대로 드러누웠다. 나는 방으로 돌아가려다가 마음을 먹고 옆에 드러누웠다. 어차피 다음 날이면 난 다른 도시로 떠나야 하고, 한동안 우리가 만날 일은 없을 것이었다. 그렇게 어둠 속에서, 우리 두 사람은 한동안 어색한 숨소리만 뱉어냈다. 그러다 불쑥, 아버지도 대화인지 혼잣말인지 모를 말을 중얼거렸다.

"…이제야 같이 마시네… 이제 됐어."

그날 새벽 나는 잠시 잠에서 깼던 것 같다. 그리고 그때의 그 '훌쩍' 소리를 또 한 번 들었던 것 같다. 나는 이번에도 눈을 뜨지 않았다. 다음 날 나는 집을 떠났고, 그날 이후 우리가 술을 같이 마신 날은 열 번도 되지 않는다.

아버지가 돌아가신 이후 나는 종종 홀로 소주를 마시는데, 그때마다 익숙한 '크으' 소리에 놀라곤 한다. 아버지의 소리가 내 안에도 있었다. 이제야 조금 알 것 같다. 이 '크으' 소리가 왜 삼키는 소리와 내뱉는 소리의 경계에 있었는지.

언젠가 내가 했던 연극에서, 술에 관한 긴 독백을 쓴 적이 있다. 그날 밤 아버지가 들려준 술 마시는 법이었다.

"…받을 때는 신중하게 받고 마실 때는 시원하게 마셔라. 마시고 나서는 주변에 빈 잔들이 없는지 확인해라. 따를 때도 밝게 따르고 받을 때도 밝게 받아라. 술 마시는 동안에는 취하지 말고 다 마시고 헤어질 때부터 취해라. 마시는 동안 취했으면 바깥에 나가 바람을 쐬고 오거나 조용히 집에 와라. 술은 긴장을 풀려고 마시는 것이지만 절대로 긴장을 풀면 안 된다. 긴장이 풀리면 주사를 부린다. 주사는 친구가 떨어져 나가는 지름길이다. 지금까지 말한 것만 지켜도 술자리에서 실수를 안 한다. 이게 내가 너한테 주는 유일한 조언이자 유산이다."

어색하지 않아 다행이야

고3 여름, 집에 전기가 끊겼다.

아버지와 단둘이 살고 있던 집에서 한 달이 넘게 전기 없이 살았다. 원래도 집이 어려웠지만 때마침 아이엠에프였다.

아버지는 어둠 속에서 촛불을 켤 때마다 아이엠에프를 얘기했다. 때마침 촛불이 환해서 아버지의 얼굴이 잘 보였다. 아이엠에프를 말하는 아버지의 표정은 늘 미안함으로 가득했다. 그 표정을 바라보는 게 어색해서 나도 맞장구치듯 아이엠에프를 얘기했다. 같은 동네 누구는 이사를 갔고, 같은 반 누구는 밤새 아르바이트를 하고…. 그래도 나는 아직 집에 살고 있고, 아르바이트를 하지 않아 다행이라는 표정을 지으려고 애썼다.

아버지도 그런 내 표정을 바라보는 게 어색했는지, 말없이 촛불을 들여다보곤 했다. 그 침묵이 쑥스러워서, 나도 말없이 촛불을 지켜보았다. 촛불이 타들어 가는 소리가 꽤 컸다. 다행히도 그 소리 때문에 두 사람의 침묵은 그리 어색하지 않았다.

그해 여름에 내 이가 아프지 않았다면 그럭저럭 어색하지 않게 계절을 견딜 수 있었을 것이다. 하필 아이엠에프 시기에, 하필 전기가 끊겨서 촛불을 켜던 시기에, 너무나도 야속하게 한쪽 어금니가 썩고 있었다.

썩은 이는 시도 때도 없이 욱씬거렸다. 다른 때는 그나마 참겠는데 밥을 먹을 때 그쪽 방향을 조금이라도 건드리면 송곳에 찔린 것처럼 정신이 번쩍 들었다. 하필 여름 방학이었고, 아버지와 집에서 단둘이 밥 먹는 일이 잦았다. 그때마다 내 인생 최고의 연기를 펼쳐야 했다.

입 속에서 어금니가 내 신경을 무자비하게 난도질하고 있어도, 태연한 표정으로 밥을 씹어야 했다. 때때로 티가 안 나게 찬물로 입을 헹구며, 조금이라도 진통이 가시기를 빌었다. 조금만 견디면 개학이었다. 그때까지만 버티면 더 이상 아버지 앞에서 어색한 연기를 펼칠 일도 없었다.

아마도 내 어금니는 자존심이 상했나 보다. 개학을 며칠 앞두고 낮밤을 가리지 않고 사정없이 신경을 쑤셔대기 시작했다. 어느 날 밤, 너무 아파서 잠이 오지 않았다. 찬물을 입에 물고 있어도 고통이 가시지 않았다. 화장실에 가서 치약을 한가득 발라도 마찬가지였다. 침대에 엎드려 양손으로 턱을 주무르며 밤새 끙끙 앓았다 다음 날, 내 한쪽 볼은 붕어빵처럼 부풀어 있었다. 아버지는 놀란 얼굴로 내 손을 붙들고 치과로 향했다.

의사는 혀를 끌끌 차며 엄청 아팠을 텐데 어떻게 참았냐고 물었다. 하루라도 빨리 금니를 씌워야 한다고, 아마도 견적이 꽤 나올 거라고. 그 말을 듣자마자 아버지의 얼굴이 벌겋게 달아올랐다. 그토록 화난 표정의 아버지는 처음이었다. 값은 신경 쓰지 말고 당장 치료를 해 달라고 했다.

치과에서 어금니의 썩은 부분을 한참 동안 갈아냈다. 치아의 본을 뜬 후 며칠 후에 금니를 씌우러 오라고 했다. 금니에 대한 계산은 그때 해도 된다는 얘기와 함께.

갈린 어금니 때문에 밥을 먹을 때마다 한쪽으로만 씹는 것이 어색했다. 아버지는 그 모습을 볼 때마다, 이제 금니를 씌우면 돌도 씹어 먹을 수 있다며, 그때까지 먹고 싶은 것을 잔뜩 생각해 놓으라고 했다. 그 말을 들으며 가슴이 두근거렸다. 번쩍이는 금니를 씌우고, 아버지 앞에서 보란 듯이 이것저것 씹어 먹는 모습을 자랑하고 싶었다.

치과에 다시 가는 날은 개학 지난 며칠 후였다. 점심시간에 아버지가 학교 앞으로 마중 나와 있었다. 나는 오늘만을 기다려 왔다는 표정으로 일부러 헐레벌떡 뛰어나갔다. 아버지의 표정이 그날따라 어색했다. 치과를 향해 함께 걸어가는 내내 아버지는 말이 없었다. 병원 건물 앞에 도착했을 때, 아버지는 한동안 간판을 올려다보았다. 잠시 후, 아버지가 헛기침을 하며 말했다.

"올라가서 의사 선생님한테, 며칠만 더 있다가 와도 되냐고 여쭤볼래?"

홀로 계단을 오르며, 아버지의 표정이 왜 그토록 어색했는지 깨달았다. 아버지는 치료비를 마련하지 못한 것이었다. 치과 입구에서 한참을 서 있다가 다시 내려갔다. 헛기침을 하며 말했다.

"의사 선생님이 좀 더 상태를 지켜보고 금니를 씌우는 게 나을 것 같다고 하시는데…."

내 말을 들은 아버지는 한동안 말이 없다가, 또다시 헛기침을 하며 길을 나섰다. 나도 헛기침을 하며 아버지를 따라갔다.

그래도 다행이라는 생각이 들었다. 때마침 아이엠에프였고, 때마침 나 혼자 병원에 올라갔고, 때마침 아버지가 확인하지 않았으니까. 비록 한쪽 어금니는 시커먼 구멍처럼 사라졌지만, 아직 촛불을 켤 수 있어서 다행이라고. 촛불이 타들어 가는 소리가 꽤 클 테니, 우리는 계속해서 서로의 어색함을 견딜 수 있을 것이라고.

호강의 반전

군대에서 시간을 보내는 이 년 내내, 머릿속에는 연극 생각뿐이었다.

제대하면 학교 동기들과 극단을 만들겠다는 계획을 세웠다. 제대 날이 다가올수록 두근거렸다.

나는 외동이었고 집은 어려웠으므로 어릴 때부터 호언장담을 했다. 어른이 되면 반드시 성공해서 엄마 아빠를 호강시켜 주겠노라고. 하지만 학년이 오를수록 성적이 떨어졌고, 점수에 맞춰 대학에 갔다. 부모님은 별 내색이 없었다. 그 내색 없음이 나를 자꾸 부끄럽게 만들었다.

대학에서 우연히 연극을 보게 되었고 곧바로 빠져들었다. 강의실에 있을 시간에 극장을 갔고, 과제할 시간에 대본을 썼다.

풍물패에서 연극을 하며 동기들을 만났고 그들과 극단에 대한 꿈을 꾸게 되었다.

문제는 그 꿈을 부모님이 모른다는 거였다. 집은 점점 더 어려워졌고 나는 부모님 몰래 휴학했다. 전공과 다른 꿈을 꾸는 게 미안해서 등록금 반이라도 아끼고 싶었다. 그렇게 동아리방만 들락거리며 연극 생각만 하다가 군대에 갔고, 내내 두 가지 생각뿐이었다. 연극인의 삶을 살아갈 수 있을지, 그 삶을 부모님께 허락받을 수 있을지.

제대 날이 왔고, 마음의 준비를 하고 싶었다. 경상도에서 열리는 연극 축제에 자원봉사단으로 참가했다. 일주일간 일하고, 연극을 보고, 뒤풀이를 하며 연극인 선배들에게 질문을 쏟아냈다.

점점 자신감이 생겼다. 부모님 앞에서 당당하게 꿈을 얘기할 수 있을 것 같았다. 폐막을 며칠 앞둔 어느 날 밤, 어머니에게 전화가 왔다. 집으로 올라올 수 있냐고. 나는 시간이 더 필요하다 말했고, 어머니는 한동안 말이 없었다. 그 침묵이 이상해서 무슨 일이냐 물었고, 어머니가 말했다. 암에 걸렸다고. 나와 어머니 둘 다 한동안 말이 없었다.

새벽 기차를 타고 집으로 떠났다. 내 꿈이 중요할 때가 아니었다. 꿈을 이룬다는 핑계로 오랫동안 부모님의 삶을 살펴보지 않았나. 어머니는 아들 제대 며칠 전에 암에 걸린 사실을 알았고 내가 놀랄까 봐 제대 날까지 소식을 숨겼다. 나는 바닥에 머리를 찧으며 울었고, 부모님은 내 머리가 다칠까 봐 울었다.

며칠 후에 수술이 잡혀 있었다. 오랜만에 세 식구가 함께 시간을 보내게 되었다. 외식을 하고, 여행을 가고, 한 이불을 펴고 누워 이야기를 나눴다.

부모님은 내 어린 시절에 대해서만 얘기했다. 내가 언제 걸음마를 하고, 한글을 읽고, 혼자 서점에 갔는지. 부모님은 아직도 내가 무언가 빛나는 일을 할 것이라 믿고 있었다. 한동안 잊고 있던 '호강'이라는 단어를 떠올렸다. 아, 나는 연극을 할 수 없겠구나. 호강을 시켜 드려야겠구나. 근데 무슨 일을 해야 호강을 시켜 드리는 거지? 이런 생각을 하다가 잠이 들었고, 날이 밝았다.

우리는 마지막으로 어느 산속 절로 향했다. 관상을 기가 막히게 봐 주는 스님이 있는 곳이라 했다. 어머니는 아마도 입원하기 전에 용기를 얻고 싶었던 것 같다.

한참을 걸어서 절에 도착했고, 눈이 어린아이처럼 빛나는 스님이 맞아 주었다. 스님은 한동안 어머니의 얼굴을 바라보다가 말했다. 어떤 큰 병이 생겨서 조만간 큰 수술을 앞두고 있지만 분명히 나을 거라고. 놀라운 순간이었다. 우리는 서로를 얼싸안고 울었다. 어머니의 얼굴에서 불안이 사라지고 빛이 났다.

어머니는 내친김에 아들의 관상도 봐 달라고 했다. 스님은 한동안 내 얼굴을 바라보며 말이 없었다. 나는 불안했다. 만약에 엄청 큰일을 해서 부모님을 크게 호강시켜 줄 상이라고 하면 어쩌지. 아직 뭘로 호강시켜 드릴지 정하지도 못했는데? 심장이 터질 것 같았다. 스님이 마침내 말을 꺼냈다.

"아마 전공과는 다른 일을 하게 될 것 같습니다. 완전히 다른 일입니다. 하지만 자기 먹고살 운명은 타고났으니 걱정 마세요. 반드시 먹고삽니다."

또 한번 울음바다가 펼쳐졌다. 부모님이 환희의 눈물을 흘리며 나를 얼싸안았다. 우리 아들이 먹고살 운명을 타고났구나! 그러나 잠시 후 스님은 다시 말했다.

"그런데 정말로 아드님 딱 한 사람만 먹고살 운명입니다. 아마도 십 년 정도는 혼자만 먹고살 수 있을 겁니다. 그래서 두 분은 한 십 년 동안은 아드님한테 뭘 바라면 안 됩니다."

부모님은 약간 헷갈리는 눈빛이었다. 전공과는 다른 일인데, 먹고는 사는데, 혼자만 먹고산다고? 그런 직업이 대체 뭐지?

"스님 그 직업이 뭡니까?"

"글쎄요, 저는 거기까지는 모릅니다. 하지만 요즘 세상에선 부모님께 손을 안 벌리는 것도 호강이지요. 그렇죠, 호강은 호강이죠."

부모님은 여전히 혼란스러운 얼굴로 합장을 했다.

우리는 다시 나란히 산을 내려왔다. 속세가 내려다보이는 입구에 도착한 순간, 나는 드디어 말했다.

"어머니, 아버지, 연극이 하고 싶어요."

두 분 중 한 분이 말했다.

"아, 스님이 말한 그게 연극이었구나."

나는 마음속으로 읊조렸다. 스님, 감사합니다.

어린이는 연기할 수 없다

십여 년 전, 매일 아침 경기도 지역의
초등학교 교실을 순회하며 어린이극을 했었다.

우주에 살고 있는 아이들이 공중도덕을 지키는 게 어려워서 지구 친구들에게 물어보러 왔다는 콘셉트로 진행되는 연극이었다.

이른 아침부터 반짝이는 우주복을 입고 '우주에 살고 있는 어린이 역할'을 해야 하는 것은 배우로서 상당히 어려운 일이었다. 일단 나부터 자신이 없었다. 다 큰 어른이 초등학생 아이와 동갑인 척을 하면 믿어 줄까. 더군다나 우주에서 날아온 동갑내기라고 한다면?

유튜브를 열면 화성 풍경까지 촬영해서 보여 주는 시대에 우주에 초등학생이 살고 있다는 설정을 과연 믿어 줄까?

놀랍게도 아이들은 믿었다. 우주 친구들이 등장해서 노래하고 춤추는 순간 엄청난 환호와 박수가 쏟아졌다. 은하계의 평화를 위해 공중도덕을 가르쳐 달라는 부탁을 하자마자 아이들은 격렬하게 손을 들며 고래고래 소리쳤다.

"빨간불엔 건너면 안 돼요!"

"지갑을 주우면 주인에게 돌려줘요!"

"화장실에 다녀오면 꼭 손을 깨끗이 씻어요!"

너무나도 모범적인 지구인들이었다. 이런 아이들이 어른이 된다면 지구는 대대손손 번영을 누릴 것 같았다. 기분 좋게 작별 인사를 하고 짐 정리를 하고 있는데 한 아이가 씨익 웃으며 다가왔다.

"고생하셨어요. 하나만 알려 드릴까요? 우주인은 아직 발견되지 않았거든요?"

혀를 내밀며 후다닥 달려나가는 모습에 웃음이 터져 나왔다. 나도 소리쳤다.

"나도 알거든! 연기하기 힘들거든!"

그럼 그렇지. 요즘 아이들이 믿을 리가 있나. 홀가분한 마음으로 우주복을 벗으려는데 담임 선생님이 한 아이의 손을 잡고 들어왔다. 아이는 울고 있었다.

"죄송해요. 우주 친구들이 떠난다니까 마지막으로 인사하면 안 되냐고 계속 우네요."

이럴 수가, 이 친구는 정말로 믿고 있었다. 그나마 우주복을 절반만 벗었기에 다행이었다.

"걱정 마! 지금 우주 친구들이 우주선 시동 거는 중이거든? 아직 안 날아갔어!" ((시동이라니, 우주선이 시동이라니.)

그렇게 배우들이 다시 등장했고, 그 아이와 마지막 인사를 했다. 아이는 눈물범벅이 된 얼굴로 씨익 웃으며 교실 문을 나섰다.

놀라운 교훈이었다. '아이들' 한 무리가 있는 것이 아니라 서로 다른 어린이가 수십 명이 있는 것이었다. 어떤 아이는 믿었고, 어떤 아이는 믿지 않았다. 하지만 믿음에 상관없이 모두가 즐겁게 공연을 보았다. 그것은 가장 훌륭한 공중도덕이었다.

어쩌면 어른의 시선에서 아이들에게 한 수 가르쳐 주려는 마음이 있진 않았을까. 아이들은 그걸 알면서도 우리를 존중하는 마음으로 '즐겁게 공연을 보는' 연기를 해 준 건 아닐까. 우리가 오히려 아이들에게 한 수 배웠다는 생각이 들었다.

기분이 좋아져서 낮술을 마시기로 했다. 칼국수와 파전을 시켜 놓고 소주를 맛나게 들이켜고 있는데 저쪽 구석에서 우리를 빤히 바라보는 아이가 있었다. 그 눈빛이 귀여워서 반갑게 손을 흔들어 주고 다시 술잔을 기울이는데 아이는 계속 뚫어지게 우릴 보고 있었다.

"넌 누구니? 혹시 우리를 알아?"

사장님이 서비스 안주를 들고 오며 말했다.

"우리 아들이 오늘 학교에서 우주인을 봤다네요. 하하."

이럴 수가. 우린 곧바로 술잔을 내려놓고 우주인처럼 손을 흔들었다.

"지구인 친구야! 안녕!"

그러나 그 아이는 무표정한 얼굴로 우리가 든 술잔을 빤히 쳐다보고 있었다. 우주의 초등학생이 지구의 소주를 마신다는 것은 도저히 이해할 수 없는 일. 술잔을 들어 올릴 때마다 뭔가 부끄러웠다. 결국 자리에서 일어났다.

"우린 이만 우주로 가 볼게. 안녕."

아이는 가게 밖까지 따라 나왔고 우리가 차에 오를 때에도 미동 없이 서 있었다. 그 눈빛이 마음에 걸려서 결국 솔직하게 말했다.

"미안, 우린 배우야. 앞으로 더 잘할게. 그리고 술은 줄일게."

그날 이후 우린 규칙을 만들었다. 어딘가에서 어린이극 공연을 하면 낮술은 반드시 그 지역을 벗어나서 마시자고.

그날 이후 계속 어린이극을 했지만 똑같은 개성의 아이를 만난 적은 한 번도 없다.

어린이라는 존재는 정말이지 각양각색으로 빛난다. 그래서 우리는 어린이를 연기할 수 없다. 우리 안에 잠들어 있는 어린이를 열심히 꺼낼 뿐이다. 우리 또한 각양각색 중의 하나였을 테니까.

헌책을 꺼내며 먼 기억을 꺼내다

초등학생이 되었을 때 부모님이 사 준 최초의 책은
『허클베리 핀의 모험』이었다.

나는 제목 그대로 모험에 빠져들었다. 나는 1980년대 초반에 태어난 어린이였고, 우리 집은 시내의 외곽에 있어 놀거리가 마땅치 않았다. 동네 친구들과 매일 골목에 모여서 놀았지만, 비슷한 숨바꼭질과 비슷한 골목 축구와 비슷한 땅따먹기의 연속이었다. 우리의 만남은 늘 동네에서 펼쳐졌기에 우리의 놀이도 동네 이상의 상상력을 넘어서지 못했다. 동네에서 시작해서 동네에서 끝나는 놀이가 슬슬 지겨워질 무렵, 생전 처음 선물받은 '책'이라는 존재는 순식간에 나를 지구 반대편의 미시시피강으로 데려다주었다.

책장을 넘기면서 제발 마지막 페이지에 도착하지 않기를 바랐다. 마침내 마지막 페이지에 도착했고, 책장을 덮자마자 나는 또다시 동네의 세계로 돌아왔다. 그 엄청난 상상의 모험을 멈추고 싶지 않았다.

그날 이후 내 머릿속은 오직 책을 사 모으는 계획으로 가득 찼다. 책을 사기 위해 책 이외의 것들을 친구들에게 팔았다. 장난감을 팔고 축구공을 팔고 자전거를 팔았다. 어떤 날은 생일 선물로 받은 운동화를 친구의 전래 동화 전집과 바꾸기도 했다. 처음에는 한 권 한 권 읽어 나가는 보람으로 책을 사 모았지만, 차츰 시간이 흐르면서 책을 사 모으는 것 자체가 목적이 되었다. 언젠가 읽을 것 같은 책, 지금 안 사면 못 살 것 같은 책, 그저 제목이 좋아서, 그저 표지가 예뻐서 사 모으는 책들이 늘어났다.

학교를 졸업하고 사회에 나오게 되면서, 생활에 들어가는 모든 돈을 스스로 벌어야 하는 나이가 되었다.

이제 막 연극을 시작한 이십 대에는 여유가 없었다. 집세와 식비와 교통비를 감당하는 것도 힘이 들었다. 책 한 권을 사려면 밥 한 끼를 굶어야 했다. 밥을 굶으면 허기가 찾아왔고, 책을 못 사면 마음의 허기가 찾아왔다. 몸에 허기가 찾아오면 서글펐고 마음의 허기가 찾아오면 쓸쓸했다. 두 가지 허기를 모두 채우고 싶었다. 헌책방 순례를 시작한 것이 그때부터다.

만 원을 들고 서점에 가면 시집을 한 권 살 수 있었지만, 헌책방에 가면 시집 한 권과 소설 한 권을 살 수 있었다. 운이 좋은 날은 사장님이 책 한 권을 덤으로 주기도 했다. 헌책방 단골이 되면서 책을 사는 기준이 달라졌다. 가진 돈의 액수에 맞춰서 책을 한 권이라도 더 긁어모았다.

쌓이는 책이 늘어 가며 내 나이도 늘어났다. 예전보다는 좀 더 여유롭게 책을 살 수 있는 처지가 되었다. 온라인 서점이 생겨나면서 조금이라도 흥미가 생기는 책은 모조리 장바구니에 넣고 주문했다. 때로는 내가 주문했는지 기억도 안 나는 책들이 배달되었다.

책이 점점 더 늘어나더니 결국 책장 밖을 벗어났다. 방바닥에, 식탁에, 옷방에, 창고에, 침대 옆에 산더미처럼 쌓이게 되었다. 쌓인 책들이 쌓인 숙제처럼 부담스러워졌다. 언젠가 읽어야 할 책이 가득이었지만 무엇을 먼저 읽어야 할지 고민하느라 그 무엇도 읽지 못했다. 때로는 제목이 익숙하다는 이유로 그 책을 읽었다는 착각이 들기도 했다.

고민 끝에 꼭 필요한 책만 남기고 나머지를 처분하기로 했다.

문제는 어떤 책이 꼭 필요한 책인지 나 스스로도 몰랐다는 것이다. 책장의 맨 윗줄부터 손가락으로 살펴 가며 버릴 책을 고르려 했지만, 단 한 권도 버리지 못했다. 책을 집어 드는 순간, 책에 관계된 기억이 떠올랐던 것이다.

어떤 문학 전집은 신문 배달을 하고 첫 월급으로 샀다. 어떤 시집은 좋아하던 사람에게 주기 위해 두 권을 샀지만 결국 주지 못하고 두 권 그대로 있다. 이 책은 어떤 날 어떤 마음으로 샀고, 이 책을 읽고 얼마나 울었었고, 이 책은 읽고 너무 좋아서 누구 누구에게 선물했었고…, 책 한 권이 기억 한 편이었다. 책을 버리자니 마치 기억을 버리는 것 같은 느낌이 들었다.

결국 책은 계속 쌓여만 갔다. 집 전체를 둘러싼 책들이, 내 마음 전체를 둘러싼 기억처럼 느껴졌다. 떠올라서 좋은 기억도 있었지만 떠올라서 힘든 기억도 있었다. 책들의 진열이 기억의 진열처럼 여겨져서 종종 어지러웠다.

딱 한 번이라도 좋으니, 머릿속을 깨끗이 비우고 싶었다. 책장을 비우면 기억도 비워질 것 같았다.

궁리 끝에 결단을 내렸다. 내 스스로 책을 처분하지 못하면 남들이 내 책을 처분하게 만들자!

친구들을 정기적으로 초대해서 술을 마셨다. 친구들이 떠날 때 부탁을 했다. 십 분의 시간을 줄테니 내 방 책장에서 갖고 싶은 책을 딱 세 권씩만 가져가라고. 친구들은 반색을 하며 책을 골랐다. 친구끼리는 닮아 가는 것인지, 정말 좋은 책들만 챙겨 갔다. OOO의 소설집이 사라지고, OOO의 시집이 사라지고, OOO의 에세이가 사라졌다.

친구들이 떠나고 책장의 텅 빈 칸을 보며 생각했다. 이제 며칠이 지나면 더 많은 책이 사라질 것이고, 내 많은 기억이 휼가분해질 거라고. 하지만 며칠이 지난 후, 나는 계속해서 책장의 텅 빈 칸만 바라보고 있었다. 텅 빈 칸을 바라보면 사라진 책이 떠올랐고, 사라진 책을 떠올리면 사라진 기억이 더 선명하게 떠올랐다.

몇 해가 지난 후, 결국 나는 참지 못하고 다시 책을 주문했다. 새로운 책이 아닌 OOO의 소설집을, OOO의 시집을, OOO의 에세이를 주문했다. 사라진 기억을 딱 한 번만 다시 읽어 보고 싶어서.

낯선 명절이 선물해 준 낯익은 사람

아버지는 설과 추석이 되면 초등학생인 나를 데리고 고속버스를 탔다.

낯선 도시의 낯선 집으로 가서 낯선 얼굴의 할아버지 사진을 향해 절을 하고 밥을 먹었다. 그 집에 살고 있는 형과 누나는 늘 낯설었다. 아버지는 설명을 자세하게 해 주지 않았고, 너의 형과 누나라고만 했다.

나는 늘 궁금했다. 왜 나의 형과 누나가 이 집에 살고 있는지. 나를 친절하게 챙겨 주는 저 어머니는 누구인지. 나는 왜 설과 추석이 되면 이 낯선 도시의 낯선 집에서 어색하게 밥을 먹어야 하는 건지.

중학생이 되고 난 후, 아버지가 재혼을 했다는 사실을 알게 되었다. 나의 어머니를 나중에 만났고, 그 후에 내가 태어난 것이었다. 아버지의 지난 삶을 자세히 알지 못했기에, 새롭게 알게 된 어머니와 형과 누나를 어떻게 대해야 할지 늘 어려웠다. 그리하여 명절의 제사와 식사는 언제나 쑥스러웠다.

그 쑥스러움은 고등학생이 된 이후에도 사라지지 않았다. 나는 공부 핑계를 대며 점점 가지 않게 되었다. 아버지는 이해한다는 표정을 지으면서도, 깊은 헛기침으로 서운함을 표현했다.

대학에 들어가면서 나는 또 다른 낯선 도시로 떠나게 되었다.

아버지를 만나는 날이 점점 줄어들었고, 명절에도 별다른 설명 없이 집에 가지 않게 되었다. 아버지와 어머니는 따로 떨어져 살고 있었고, 나는 아버지와 둘이 견디게 될 며칠간의 어색함이 두려웠다.

대학 동기들과 극단을 만들어 연극을 시작하면서, 나는 십 년 넘게 전국을 떠돌며 공연을 했지만, 아버지에게는 자주 가지 못했다. 작은 어색함이 싫어서 건너뛴 설과 추석이 쌓이고 쌓여서, 어느덧 마주 앉아 밥을 먹는 것마저 낯설게 느껴졌다.

사실 더 큰 이유가 있었다. 내가 연극을 시작하면서, 어쩌면 아버지의 기대를 저버렸다는 자격지심이 생겨났기 때문이다.

아버지는 아들이 늘 힘 있는 사람이 되길 바랐다. 정확히 어떤 일을 하면 좋겠다는 것은 없었지만, 뭐든 좋으니 힘이 생기길 바랐다. 구체적으로 말하면 다른 사람들에게 무시당하지 않을 힘이었다. 그 다른 사람들이 누군지, 어떤 무시를 말하는지가 너무 광범위했다. 나는 아버지가 말하는, 힘과 무시로 이루어지는 세상이 종종 무서웠다. 그래서 연극의 세상으로 떠났다.

일 년에 두 번 찾아오는 명절은 내 인생 최대의 연기를 필요로 했다. 내가 하는 연극이 많은 인기를 얻고, 내가 쓰는 글이 제법 인정을 받으며, 내가 가고 있는 길이 언젠가 아버지 어머니를 호강시켜 줄 수 있는 미래라는 것을 확신하는 연기. 그래서 이번 명절에는 그 미래를 위해 집에 갈 수 없을 것 같다는 연기.

나는 늘 온 힘을 다해 확신하는 연기를 했고, 아버지는 늘 온 힘을 다해 믿어 주는 연기를 했다.

언젠가 꼭 진짜 인기, 진짜 인정, 진짜 호강이 찾아올 것이라 믿으며 집으로 향하는 날을 점점 미루던 어느 날, 아버지가 돌아가셨다는 전화를 받았다. 전화를 걸어 온 이는 명절 때마다 낯선 집에서 만났던 낯선 형이었다.

장례식장은 아버지와 버스를 타고 떠났던 낯선 도시에 있었다. 명절 때 제사를 지내러 왔던 도시에서, 아버지의 장례식이 열리고 있었다. 빈소에는 어린 시절에 만났던 어머니와 형과 누나가 있었다.

오랜만에 만났는데도 이상할 정도로 편안했다. 생각해 보니 어린 시절부터 늘 제사를 지내며 시간을 쌓아 왔었다. 그 쌓인 시간이 우리를 편안하게 했다. 할아버지의 사진이 아버지의 사진으로 바뀌고, 송편이 육개장으로 바뀌었을 뿐이었다.

함께 보내는 사흘 동안, 형과 누나는 많은 얘기를 들려주었다. 어린 시절부터 그들이 나를 얼마나 귀여워했었는지, 하지만 시간이 지나면서 어떤 식으로 어색해졌었는지, 하지만 지금도 날 얼마나 아끼고 생각하는지. 나도 형과 누나에게 나만이 알고 있는 아버지의 추억을 들려주었다. 형이 대학에 합격했을 때 아버지가 얼마나 기뻐했었는지, 누나가 직장에 취직했을 때 정장을 사 주고 싶다고 백화점을 얼마나 돌아다녔었는지, 명절이 다가오면 며칠 전부터 손수 아들의 옷을 다리고 구두를 닦으며 얼마나 설레는 모습을 보였는지.

그렇게 사흘이 지나갔고 우리는 다시 서로의 삶으로 돌아갔다. 아버지를 보내 드린 이후로 우리는 거의 만날 일이 없어졌다. 하지만 여전히 그때 쌓였던 사흘의 시간은 종종 서로를 그리워하게 만든다.

아버지가 명절 때마다 베풀어 준 낯선 시간들 덕분에, 남아 있는 우리들은 인생의 꽤 많은 시간을 가깝게 지낼 수 있을 것이다. 이제 며칠 후면 또다시 낯선 추석이 찾아온다. 아마도 나는, 작년보다는 덜 어색할 것이다.

아버지가 돌아가신 후 유품으로 핸드폰을 받았다.
한동안 열어 보지 못했다. 아버지와 한동안 떨어져 살았기에
평소의 아버지를 만나기가 두려웠다. 아버지의 마지막 전화를
받지 못했기에 통화 내역에 찍힌 내 이름을 마주하기가
무서웠다. 아버지의 폰을 상자에 담아 책상 위에 올려 두었다.
방에 들어올 때마다, 아버지와 단둘이 있는 느낌이 들었다.
아버지의 헛기침 소리가 들려오는 것 같아서 상자를 더
깊숙한 곳에 숨겨 놓았다.

2부

아버지가 물려준 뜨거운 국물

고등학교 3학년이 되면서 아버지와의 대화가 점점 더 줄어들었다.

아버지는 점점 성적이 떨어지는 와중에도 밤새 영화와 만화를 보는 내가 못마땅했다. 나는 점점 일이 떨어지는 와중에도 친구들과 밤새 술을 마시고 들어오는 아버지가 못마땅했다. 서로 못마땅하면서도 서로 모른 척을 하자니 자연스레 대화가 사라져 갔다. 평소에도 공통 화제가 없었기에, 분명 대화를 시작하면 서로의 못마땅함만이 이야깃거리가 될 것 같았다.

특히 집에 단둘이 있을 때의 정적이 너무 힘들었다. 간혹 아버지가 헛기침을 하면, 나도 덩달아 헛기침을 하면서, 조금이라도 소통하는 노력을 하고 있다는 것을 전하려고 애썼다. 아버지도 그걸 느꼈는지 '흠흠' '쩝쩝' '어이구' 등등의 다양한 소리를 시도하여 마음을 전하려고 애썼다. 나도 그때마다 '으흠' '쓰읍' '흐아아' 등등의 응용 버전으로 열심히 소리를 주고받았다. 소리만 주고받았는데도 꽤 깊은 대화가 이루어진 느낌이었다.

그러던 어느 날 아버지가 (평소 아버지의 성격으로는) 꽤 용기 넘치는 제안을 해 왔다. 수험생은 밥을 잘 먹어야 한다면서 매일 저녁마다 설렁탕을 사 주겠다고 하는 것이었다. 그래서 거의 반년간, 나는 아버지와 매일 저녁 설렁탕을 먹었다.

그 반년 동안에도 특별한 대화는 없었다. 설렁탕이 나올 때까지 물을 마셨다. 그냥 한 번에 마시면 시간이 많이 남아서 다시 어색해졌다. 꽤 맛있는 물을 음미하는 것처럼 '크으' '캬아' '허어' 등의 감탄사를 적절히 조합하고 재구성하며 한 모금씩 천천히 마시는 것이 비결이었다

설렁탕이 나오기만 하면 모든 어려움이 끝났다. 뜨거운 국물은 어색함을 물리치는 필살기. 국물을 '후후' 불기도 하고, '후릅' 하면서 한 숟갈을 먼저 떠먹어 보기도 하며, 숟가락질을 정신없이 하며 '우걱우걱' 흡입하기도 하고, 그릇을 양손으로 들고 '후루룩' 삼키며 깨끗하게 비우는 것까지, 무수한 디테일의 소리들이 있었다. 때때로 순서를 바꿔서 '후루룩'으로 먼저 시작하는 파격을 선보일 수도 있었다. 아버지가 '후후'를 하면 아들은 '후루룩'을 하고, 아버지가 '후릅'을 하면 아들은 '우걱우걱'을 하면서 매일 저녁 국물의 이중창을 시연했다. 그렇게 반년 동안 아버지와 아들은 설렁탕을 통해 대화했다.

이십 년이 흘러서 나는 마흔이 되었다. 나는 지금도 설렁탕을 자주 먹는다. 술을 마시면서 안주로 먹고, 술 마신 후에 허한 기분을 달래려고 먹고, 술 마신 다음 날 쓰린 속을 달래려고 먹는다.

가끔 홀로 설렁탕을 먹을 때가 있는데, 그때마다 이십 년 전

에 냈던 소리를 일부러 크게 내 본다. 소리와 소리 사이에 자연스럽게 간극이 생긴다. 그것은 아마도 반년간, 아버지와 설렁탕을 먹으며 아버지의 소리를 기다리는 과정에서 생겨난 간극일 것이다. 그 간극 속에서, 나는 종종 이십 년 전 아버지의 후후와 후루룩을 듣는다.

아버지가 알려 준 방법대로 이십 년 내내 설렁탕을 먹는다.

다진 양념을 한 숟갈 떠서, 젓가락으로 양념을 휘저으며 국물을 진하게 만든다. 너무 뜨거우면 깍두기나 김치를 한 젓갈 국물에 넣어서 열기를 식힌다. 밥은 삼분의 일 정도씩만 말아서 국물 맛이 연해지지 않게 먹는다. 이게 가장 맛있는 방법인지는 모르겠지만, 아버지와 가장 가까워지는 맛이다.

나는 아버지에게 설렁탕을 유산으로 물려받았다. 어색한 사람과 가까워지고 싶을 때 설렁탕집으로 함께 향한다. 만난 지 얼마 안 된, 아직은 공통의 화제를 만들어내기 힘든 사이일수록 뜨거운 국물이 고마워진다. 후후와 후릅과 우걱우걱과 후루룩만으로도 꽤 깊은 대화를 나눈 것 같다.

내가 인생을 살아가면서 만난 좋은 사람들은, 대부분 설렁탕의 덕을 톡톡히 봤다. 아마 다른 이들에게도 각자의 국물이 있을 것이다.

가까운 후배는 마음이 허할 때마다 소고기뭇국을 먹는다고 한다. 힘들고 지칠 때마다 그의 외할머니는 말없이 소고기뭇국을 끓여 주었고, 손자는 또 말없이 뜨거운 국물을 후후 불며 마음을 달랬다고 한다. 외할머니가 돌아가신 이후에도 가끔 소고기뭇국을 먹다가 후후 입김을 불면, 눈앞에 말없이 계실 것 같아서 울컥한다고 했다.

내가 많이 힘들었던 날, 후배는 나와 마주 앉아 설렁탕을 먹어 주었다.

이제 곧 나의 차례가 올 것이다. 후배가 언젠가 많이 힘든 날이 오면, 그 앞에 마주 앉아 소고기뭇국을 먹어 줄 날이 올 것이다.

소고기뭇국 그릇 속에는 또 얼마나 많은 소리가, 얼마나 많은 마음의 허기가 담겨 있을까. 내 마음이 벌써부터 고파진다.

웃기는 아들

내가 연극을 한다고 고백했을 때 아버지와 어머니는 난감한 표정이었다.

사실 나는 사람과 눈도 못 마주칠 정도로 부끄럼을 타는 성격이었다. 그런 내가 사람들 앞에서 연기를 한다는 게 믿기지 않는 모양이었다. 더군다나 주로 코미디를 연기한다니. '누군가한테 말도 제대로 못 하는 애가, 어떻게 누군가를 웃길 수 있지?' 나를 말없이 바라보는 두 분의 눈빛은 대략 이런 뉘앙스였다.

언젠가는 꼭 두 분을 웃겨 드리겠다고 마음먹었지만 공연에 쉽게 초대하지 못했다. 극단을 만든 지 얼마 되지 않았고, 아직 자신이 없었다. 수많은 관객의 웃음과 환호 속에서 활약하는 아들의 모습을 보여 주고 싶었지만, 그때의 우리 공연은 관객이

별로 없었다.

밀린 여름 방학 숙제처럼 일 년, 이 년, 삼 년이 지났다.

마침내 운 좋게 큰 극장에서 공연을 올릴 수 있게 되었는데, 거짓말처럼 아버지가 돌아가셨다. 나는 그때 그 극장의 공연을 보려고 기다리고 있었다. 매표소 앞에 줄을 선 채로 '여기서 공연하면 두 분을 당당하게 웃겨 드릴 수 있겠다'는 생각을 하고 있었다. 그 생각을 하자마자 아버지가 돌아가셨다는 전화가 걸려 왔고, 울음이 터져 나왔다.

울면서 정신없이 장례식장으로 향했다. 도착하고 나서야 내가 검은 정장을 챙기지 않았다는 걸 알게 되었다. 장례식장에서 빌려주는 정장이 있다고 해서 따라갔다. 문제는 내가 좀 작아서 그런지 어른용 정장 중에는 맞는 게 없었다. 직원이 조심스럽게 말했다.

"실례지만 아이용 정장 중에 가장 큰 걸 입어 보시겠어요?"

다행히 어느 정도 맞았다. (요즘 아이들은 성장이 정말 빠른 모양이구나!) 그러나 그야말로 '어느 정도'만 맞았다는 것이다. 상의가 작아서 절을 할 때 양팔을 들어 올릴 수가 없었다. 있는 힘껏 팔을 올리면 상의가 배꼽 위로 올라갔다. 그럴 때마다 나도, 조문객도 간신히 웃음을 참는 분위기가 형성되었다. 어머니도 경황이 없었는지 발인할 때가 되어서야 내 옷의 진실을 알게 되었다. 아버지 사진을 들고, 정장 상의가 올라간 채 걸어가는 아들을 보며 조용히 한마디를 하셨다.

"내 아들이 이렇게 작을 리가 없는데…."

장례식이 끝나고 시간이 흘러 사십구재 전날 밤이 되었다. 나는 장례식의 교훈을 생각하며 며칠 전부터 맞춤 정장을 준비해 두었다. 문제는 그 전날 밤이 극단의 마지막 공연일이었다는 것. 세트 철수 후 짐을 정리하고 연습실에서 뒤풀이를 했다. 극단 대표로서 일찍 자리를 뜰 수 없어서, 연습실에서 밤을 샌 후 사십구재에 가기로 했다.

당시 극단 단원 중에 키가 190이 넘는 친구가 있었는데, 이 친구의 공연 복장이 정장이었다. 하필 이 친구가 내 옆에서 술을 마셨고, 자신의 정장 가방을 앞에 놓아둔 채 내 옆자리에서 잠들었다. 나는 새벽에 깜빡 잠이 들었다가 부랴부랴 일어나 정장 가방을 챙겨 사십구재가 열리는 절로 향했다.

절에 도착해서 옷을 갈아입는데, 내 옆에서 잠든 그 친구의 정장이었다. 상의 소매가 양팔보다 길었고, 허리를 두 번 접어도 계속 바지가 흘러내렸다.

사십구재 때 절을 그렇게 많이 한다는 것을 나는 몰랐다. 절을 할 때마다 바지가 흘러내렸고, 어머니는 그때마다 말없이 허리를 잡아 주었다. 그때마다 앞에 계신 스님도 가까스로 웃음을 참는 느낌이었다.

가장 큰 난관은 아버지의 옷가지를 들고 태우러 가는 길이었다. 나는 아버지의 옷을 들고 걸어가고, 어머니는 뒤에서 내 허리를 잡고 걸었다. 그렇게 말없이 한참 가는데, 어머니가 갑자기 내 등짝을 때렸다.

"너는 장례식 때는 작은 옷을 입고, 사십구재 때는 큰 옷을 입고, 네 아버지 웃기려고 작정을 했냐!"

그 말에 어머니도 나도 동시에 빵 터졌다. 분명 계속 웃고 있는데 눈에서는 또 눈물이 났다. '내가 아버지를 이렇게라도 웃겨 드리는구나. 살아 생전 한 번도 못 웃겨 드리고, 저 멀리 가시고 나서야 웃겨 드리는구나.' 함께 걸어가던 스님은 갑자기 웃다가 갑자기 우는 어머니와 나를 한참 동안 바라보았다. 그리고 지긋이 미소를 지으며 말씀하셨다.

"오늘이 지나면 아버지가 저세상으로 향하시는데, 이렇게 웃겨 드렸으니 가시는 길이 심심하지는 않겠네요. 참 웃기는 아들이네요."

그랬다. 살아 계실 때는 못 웃겨 드리고 떠나실 때가 되어서야 웃겨 드리는 나는, 참 웃기는 아들이었다.

김치로는 그들을 이길 수 없다

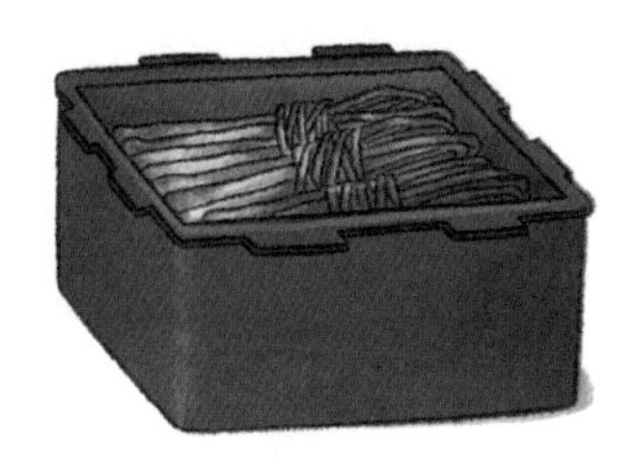

넷째 이모가 김치를 또 보내왔다. 이번에는 파김치다.

지난달에 보낸 총각김치는 아직 절반도 먹지 못했다. 냉장고에 들어갈 곳이 없다. 친구들을 불러서 삼겹살을 구우며 한 번에 먹어치운다. 이틀 후, 어머니가 보낸 김치가 도착한다. 배추김치다. 이번엔 깍두기도 함께 온다. 김치 통 크기가 어마어마하다. 애초부터 냉장고에 들어갈 수 있는 사이즈가 아니다. 김치냉장고를 하나 더 사야 할지 진심으로 고민스럽다. 또 친구들을 불러서 김치찌개와 김치두루치기로 한 상을 거하게 차린다. 김치 잔치가 무르익을 무렵, 이모에게 전화가 온다. 다음 주에 갓김치를 조금만 보내겠다고. 물론 전혀 조금이 아닐 것이며 김치 통은 더더욱 커질 것이다.

김치의 무한 경쟁은 일 년 전 촉발되었다. 추석을 맞아 어머니와 이모가 함께 집에 놀러 왔다. 오랜만에 우리 집에 온다며 약속이나 한 듯 어머니도 이모도 김치를 바리바리 싸 왔다. 우리는 좋은 술로 건배하며 갈비찜에 김치를 먹었다.

양쪽 김치를 번갈아 먹으니 양쪽의 기억이 번갈아 몰려왔다. 나는 어린 시절에 우리 집과 이모 집에서 번갈아 가며 살았다. 그때마다 맛이 다른 김치를 먹어 왔고, 맛의 풍경이 확연히 달랐다.

예를 들어 이모의 김치는 마을 잔치였다. 시골집 마당에서 다른 이모들과 김장을 하며 보쌈을 삶았다. 마을 아이들과 군침을 흘리며 기웃거리면, 큼직한 배추김치에 보쌈을 싸서 입에 넣어 주었다. 마당 구석에선 마을 어른들이 모여서 막걸리를 사발째 꿀꺽꿀꺽 들이켠 뒤 갓 담근 김치를 와삭와삭 씹었다. 그 소리가 참 맛깔스러웠다.

어머니의 김치는 친구 잔치였다. 친구들을 우르르 데리고 집에 몰려오면, 삼겹살을 지글지글 구워 주기도 하고, 커다란 냄비에 라면을 보글보글 끓여 주기도 했다. 그때마다 온갖 김치가 한가득 놓여 있었다. 친구들이 서로 다른 김치를 먹을 때마다 들려오는 서로 다른 우걱우걱 소리가 참 좋았다.

오랜만에 만난 어머니와 이모에게 이런 얘기를 했다. 나는 추억을 얘기했을 뿐인데, 두 분에게는 사명감이 생긴 것 같다. 그 다음 주부터 어머니와 이모의 김치 릴레이가 시작되었다. 나도 질 수 없어서 응전한다. 과일을 보내고 영양제를 보내고 소고기를 보낸다. 그러나 애초에 이길 수 있는 상대가 아니다. 나는 선물을 보내지만 두 분은 정성을 보낸다. 미안해서 김치를 받을 때마다 재료비를 보내면, 그 재료비로 새로운 김치를 보내 준다.

나는 늘 김치 빚을 지고 있다. 그 덕분에 잔치는 계속된다. 김치 한 통이 도착할 때마다 잔치가 또 하나 생긴다. 김치 한 접시를 비울 때마다 추억도 한 접시 몰려온다. 두 분의 김치 덕분에 나는 점점 추억 부자가 되어 간다.

며칠 전 어머니가 새로 담근 겉절이를 보내겠다고 연락했다. 힘들 테니 그만 보내라고 하면 언제나 같은 대답이 돌아온다. 이제 담가 줄 시간도 그리 많지 않으니 더 부지런히 담그겠다는 것이다. 그 대답에 나는 늘 울컥해진다. 울컥하다는 핑계로 한밤중에 라면을 끓이고 김치를 꺼내서 허겁지겁 먹는다.

두 분의 김치 맛은 언제나 똑같이 편안하다. 그 편안한 맛이 오늘의 긴장을 풀어 준다. 나는 혼자 라면을 먹고 있지만, 어느새 두 분이 앞에 앉아 있는 것 같다. 라면의 김 때문에 자꾸만 눈앞이 흐려진다. 아무래도 라면으로는 이 허기가 풀리지 않는다. 나도 두 분을 한 번쯤은 이겨야 배가 부를 듯하다. 김치로는 이길 수 없으니 다른 전략을 세워야겠다.

겨울이 오기 전에 두 분에게 긴 여행을 보내 드려야겠다. 아무 생각도 안 하고, 내 생각도 안 하고, 그저 자기 자신만 생각할 수 있도록.

여행 마지막 날에는 우리 집에서 만나야겠다. 수북이 쌓여 있는 비장 김치들을 탈탈 털어 잔칫상을 차려 놓아야겠다. 김치찌

개, 김치볶음, 김치두루치기, 김치전, 두부김치, 보쌈김치 등등, 김치로 할 수 있는 요리를 모조리 해서 두 분 앞에 차려 놓아야겠다.

내 요리 솜씨가 썩 좋은 건 아니지만 괜찮지 않을까. 어차피 두 분의 김치 맛은 완벽하니까.

상상의 오락실

1980년대 후반, 전자오락실이 우리 동네에 처음 등장했다.

그 충격은 정말 엄청났다. 거의 모든 아이들이 틈만 나면 오락실로 달려갔다. 내 친구들은 집이 아니면 반드시 오락실에 있었다.

수십 대의 오락기들은 수십 개의 세상이었다. 단돈 백 원이 있으면 더 이상 평범한 초등학생 꼬마가 아니었다. 우주의 수호자가 될 수도 있고 마왕을 물리칠 수도 있었다. 문제는 '단돈 백 원'을 가진 아이가 그리 많지 않다는 것이었다. (나를 포함한) 우리 동네 아이들은 비슷하게 집이 어려웠다. 더군다나 오락실은 어른들에게 '안 좋은 곳'으로 인식되어 있었다.

가뜩이나 집이 어려운데 가뜩이나 안 좋은 곳에 가라고 백 원을 흔쾌히 주는 부모님은 없었다. 한 친구가 운 좋게 백 원을 구하면 우르르 오락실로 몰려가서 그 친구가 하는 게임을 다 같이 구경했다. 그러나 백 원 하나로 끝을 볼 수 있는 게임은 아무것도 없었다. 단돈 백 원이 전부인 친구의 오락기는 금방 '게임오버'가 되어 버렸고, 우리는 입맛을 다시며 돈 많은 아이들이 동전을 쌓아 놓고 마음껏 버튼을 두들기는 광경을 그저 바라보기만 했다. 하지만 그것도 얼마 가지 못했다.

그 당시 오락실 사장님들은 자본의 개념이 참으로 명확한 분들이었기에 공짜 구경을 오래 하는 아이들은 곧바로 귀가 잡혀 쫓겨났다. 그렇게 몇 번이나 쫓겨난 끝에 우리는 어느새 오락실 블랙리스트가 되어 맘 편히 구경하러 갈 수도 없게 되었다.

한번 엿본 수십 개의 세상은 우리를 끝없이 유혹했다. 백 원이 없어서 모험을 떠나지 못한다는 것은 초등학생들에게 너무 잔혹했다.

난세에 영웅이 난다고 했던가. 백 원이 없는 우리를 위해 '공짜 오락실'을 발명하는 친구들이 나타났다. 어떤 친구에게는 책상이 게임 화면이었다. 책받침을 축구공처럼 오려서 연필로 튕기는 축구 게임을 만들었다. 어떤 친구에게는 바둑판이 게임 화면이었다. 바둑알을 테트리스 블록처럼 다양하게 만들어서 자기 손으로 직접 천천히 내려왔다. 게임하는 친구가 바둑알로 만든 버튼을 누를 때마다 셀프로 모양을 바꿔 주었다. 어떤 친구에게는 노트가 게임 화면이었다. 페이지마다 미로를 만들어서 길을 선택할 때마다 해당하는 페이지를 넘겨서 흥미진진하게 미로를 탐험하게 만들었다.

상상으로 만들어낸 우리만의 오락실은 제법 흥미로웠다. 나중에는 서로 경쟁이 붙어서 하루에도 몇 가지씩의 기상천외한 게임을 만들어냈다. 그러다 보니 우리 반은 '공짜 오락을 만들어내는 동아리'처럼 되어 버렸다. 쉬는 시간마다 모여서 각자의 게임을 모아 놓고 즐겼다.

종종 모르는 친구가 찾아와서 한 판만 시켜 달라고 졸랐다. 다른 반 친구가 자신이 만든 게임을 가지고 찾아와 함께 즐기기도 했다. 화려한 화면도 음악도 없었지만, 사람의 손으로 움직이고 친구의 외침으로 조작하는 상상 오락실을 통해서 우리는 누구도 소외받지 않고 다 같이 즐길 수 있었다. 백 원이 있는 친구가 주목받는 것이 아니라 더 재밌는 상상을 하는 친구가 주목받았다. 게임을 즐긴 것이 아니라 서로의 상상을 즐겼다. 우리 주머니에는 늘 백 원이 없었지만 우리 머릿속엔 늘 백 개의 상상으로 가득했다.

시간이 흐르고, 우리들도 다른 학교와 다른 지역으로 뿔뿔이 흩어지면서 상상 오락실은 자연스레 사라졌다.

어른이 된 지금의 나에게는 놀거리가 넘쳐난다. 게임기도 있고 컴퓨터도 있다. 다양하게 가입한 OTT 채널도 있다. 틈날 때마다 잽싸게 할 수 있는 스마트폰 게임도 여럿 깔려 있다. 하지만 이상하게도 자주 손이 가지 않는다. 너무 많고 너무 쉽게 할 수 있다 보니 오히려 뭘 해야 할지 모를 때가 많다. 너무 많고 쉬워서 허전한 순간들이 온다. 가끔 한밤중에 그런 느낌이 들면 유튜브에서 그 시절의 오락실 영상을 틀어 놓고 한동안 들여다본다. 그렇게 한동안 들여다보고 있으면 그 시절의 우리가 만들어내던 공짜 오락실이 떠오른다. 지극히 작고 미약한 현실에서, 지극히 크고 풍요롭게 상상을 했던 우리들의 모험이 떠오른다.

아버지의 가로등

아버지가 돌아가신 후 유품으로 핸드폰을 받았다.

한동안 열어 보지 못했다. 아버지와 한동안 떨어져 살았기에 평소의 아버지를 만나기가 두려웠다. 아버지의 마지막 전화를 받지 못했기에 통화 내역에 찍힌 내 이름을 마주하기가 무서웠다. 아버지의 폰을 상자에 담아 책상 위에 올려 두었다. 방에 들어올 때마다, 아버지와 단둘이 있는 느낌이 들었다. 아버지의 헛기침 소리가 들려오는 것 같아서 상자를 더 깊숙한 곳에 숨겨 놓았다.

일 년이 흘렀을까, 술기운을 빌려 전원 버튼을 눌렀다. 사진첩에 들어갔다. 사람을 찍은 사진은 하나도 없었다. 대부분이 가로등 사진이었다. 저녁노을이 지는 순간의 가로등, 한밤중에 빛나는 가로등, 어스름한 골목의 가로등. 수많은 가로등 사진이 담겨 있었다. 한참 동안 가로등 사진을 바라보다가 체한 것처럼 울었다. 아무리 울어도 이해할 수 없었다. 아버지가 왜 가로등 사진을 찍었는지. 그날 이후 울음은 아주 오랫동안 찾아왔다.

일 년이 더 흘렀을까. 어두운 저녁에 집으로 향하는 골목을 걷다가 걸음을 멈췄다. 불 켜진 가로등 위에 달이 떠 있었다. 말로 설명할 수 없는 어떤 마음이 몰려왔다. 가로등과 달을 나란히 찍었다. 그 순간 불쑥, 아버지의 가로등 사진이 떠올랐다. 집에 가서 아버지가 찍은 사진을 보았다. 내가 찍은 사진과 구도가 같았다. 내 안에 아버지가 다녀간 느낌이었다. 그날 이후 거짓말처럼 울음이 멈췄다.

나는 이제 아버지와 똑같이 가로등 사진을 찍는다. 가로등 속에 숨겨 놓은 아버지의 말을 찾고 싶어서. 나에게 가로등을 찍는 일은 아버지의 언어를 발음하는 일이다. 가로등을 찍으면 찍을수록, 잊고 있었던 아버지의 언어가 천천히 되살아났다.

아버지는 아들과 단둘이 있는 것이 어색할 때마다 헛기침을 했다. 헛기침은 어색한 아들에게 말을 걸어 보려는 아버지의 언

어였다. 아버지는 설렁탕을 함께 먹을 때마다 깍두기 한 숟갈을 국물에 넣어 주었다. 깍두기는 탕이 뜨거워 아들이 입을 델까 걱정하는 아버지의 언어였다. 아버지는 아침마다 내 방에 음악을 틀어 놓고 나서야 씻으러 들어갔다. 음악은 학교 가는 아들을 좋은 기분으로 깨우려는 아버지의 언어였다. 아버지는 늘 말이 없었지만, 사실은 늘 말을 하고 있었다.

사실은 나도 늘 아버지에게 말을 걸고 있었다. 나는 때때로 아버지의 바둑 책을 들여다보며 감탄사를 내뱉었다. 아버지와 조금이라도 같은 화제로 얘길 나누고 싶었다. 나는 집에 들를 때마다 늘 간장에 마가린을 넣고 밥을 비벼 먹었다. 어린 시절 아버지가 비벼 주었던 간장밥을 아직도 좋아하고 있다고 말하고 싶었다. 어쩌다 하룻밤을 자고 가는 날에는, 방에서 늘 조관우의 음악을 틀었다. 학교 가는 아들을 위해 틀어 주었던 아버지의 음악을 잊지 않고 있다고 말하고 싶었다.

우리는 늘 서로에게 말을 걸었지만, 늘 서로의 말을 듣지 못했다.

아마 모든 사람에게, 말로 설명할 수 없는, 자신만의 언어가 있을 것이다. 행복해서 눈물을 흘리는 사람이 있고 괴로워서 웃음 짓는 사람이 있다. 행복한데 왜 우냐고, 괴로운데 왜 웃느냐고 묻는 순간, 우리는 다른 언어로 소통을 하게 되는 것이고, 우리의 거리는 조금 더 멀어질 것이다.

나는 아버지가 남긴 가로등의 언어를 아직 모른다. 하지만 종종 가로등을 찍으며 아버지의 언어를 발음해 본다.

나는 내가 만나는 사람들의 언어를 모두 익히지 못했다. 하지만 웃을 때 함께 웃고 울 때 함께 울면서 그들의 언어를 발음해 본다. 말없이 침묵에 잠긴 친구를 보며 침묵의 언어를 발음해 본다. 말없이 거친 숨을 쉬고 있는 후배를 보며 호흡의 언어를 발음해 본다. 말없이 양손으로 두 눈을 가리고 있는 선배를 보며 손짓의 언어를 발음해 본다. 아직은 발음에 그칠 뿐, 서로의 언어를 온전히 이해할 수는 없다. 하지만 내가 당신의 언어를 수없이 발음하며 당신에게 다가가고 있다는 것을 전할 수 있다면, 우리는 조금 덜 외로워질 수 있을 것이다. 내가 당신을 이해할 수 없음을 이해할 수 있다면.

택시를 탄 게 아니라 시(詩)를 탔다

아침에 급한 일이 생겨 택시를 탔다.

이동하면서 노트북으로 글 마감도 해야 하는 상황이었다. 택시를 타자마자 노트북을 꺼냈건만 배터리가 없었다. 설상가상으로 교통 정체가 심했다. 휴대폰을 꺼내 메모 어플로 글을 쓰기 시작했다. 작은 화면에 쓰다 보니 분량에 대한 감이 오지 않았다. 중간중간 전화도 걸려 와서 글쓰기를 멈춰야 했다. 교통 정체는 여전했고 마음이 점점 더 다급해졌다. 나도 모르게 긴 한숨을 쉬는데, 택시 기사님이 나직하게 꺼낸 한마디.

"바쁜 일 없으시면 옆에 놓인 글이나 구경하실래요? 내가 쓴 시들이에요."

그 한마디에 처음으로 택시 안 풍경을 들여다봤다. 내가 앉은 옆자리에 파일에 끼워진 종이가 보였다. 기사님 목소리가 친절하기 그지없어서 거절할 수 없었다.

잠시만 보고 다시 일을 시작할 마음으로 파일을 펼쳤다. 이십여 분 후에도, 나는 여전히 파일을 들여다보고 있었다. 정성을 가득 담은 손 글씨 때문이었다. 시간에 구애받지 않고, 한 글자 한 글자를 써 내려가는 것에만 집중한 듯한, 시 한 편마다 지긋한 시간이 듬뿍 담겨 있는 글씨였다. 그 글씨를 보고 있자니 한결 마음이 여유로워졌다. 시를 읽고 있는 것이 아니라 시간을 선물받은 느낌. 선물받은 여유로움으로 시를 천천히 읽어 보았다.

술에 관한 시부터, 은행 자동이체에 관한 시, 등산과 산책에 관한 시, 오랜 세월 동안 쌓아 나간 사랑에 대한 시까지 아주 다양했다. 파일 한 권을 읽으니 한 사람의 인생 전체가 밀려오는 느낌이었다. 내 마음이 맑은 에너지로 충전되고 있었다.

그 충전된 마음으로 다시 전화기를 꺼내어 한 글자 한 글자 공들여 글을 써 나갔다. 마감이 끝나는 동시에 택시도 목적지에 도착했다. 택시를 타고 온 것이 아니라 시를 타고 온 느낌이었다. 공간을 이동한 것이 아니라 시간을 이동한 기분이었다.

그날 하루 종일 마음이 충만했다. 그 경험을 공유하고 싶어서 SNS에 사연을 적고 시 한 편의 사진을 업로드했다. 더 놀라운 일이 펼쳐졌다. 많은 SNS 친구들이 메시지를 보내왔다. 자신들도 예전에 그 택시를 탄 적이 있다는 얘기였다. 게다가 각자 마음에 드는 시를 사진으로 찍어서 소장하고 있었다.

누군가는 일 년 전 마음이 힘들어서 잠시 일을 쉴 생각이었는데, 그 택시에서 시를 읽고 치유가 되어 지금까지 활발하게 일을 하고 있었다. 누군가는 2018년에 그 택시를 탔었는데 내가 업로드한 그 시 한 편을 똑같이 업로드했다. 저마다 다른 시간과 공간에서 저마다의 방전으로 힘들었던 이들이, 같은 사람의 시를 읽고 마음이 충전되어 하루하루를 열심히 살아가고 있었다.

우리는 일상의 작은 기적으로 연결되어 있었다. 뭉클한 순간이었다.

그날 밤, 나는 집에 돌아와 방구석에 쌓아 두었던 시집들을 다시 꺼내어 읽어 보았다. 일에 필요한 책들만 읽느라 한동안 시집을 읽지 않았다.

시집을 읽는 일은 꽤 낯설었다. 하지만 작은 변화가 있었다. 예전에는 시의 내용만을 읽었는데, 그날 밤은 시를 감싸고 있는 흰 여백들을 한동안 바라보았다. 여백이 있었기에 시가 쓰여졌을 것이다. 그 택시를 타고 난 이후, 시가 시간으로 느껴졌다. '시와 시의 간격'에 흐르고 있는 지긋한 시간을 읽게 되었다.

그날 이후로 나는 마음이 급해질 때마다 그때의 택시를 떠올린다.

시간이 듬뿍 담긴 손 글씨를 떠올리다 보면 어느새 내 마음에도 작은 여유가 생겨난다. 그렇게 긴 심호흡을 한번 하고, 찬찬히 써 내려간 글씨처럼, 찬찬히 내가 할 일들을 해 나간다.

아마도 그 시간은 그리 오래가지 않을 것이다. 다시 일상이 밀려오면, 나는 다급한 마음으로 하루하루를 달리고 있을 것이다. 그 다급한 마음이 쌓이고 쌓여서 교통 정체처럼 꽉 막히는 순간이 또다시 찾아올 것이다.

그때 다시 한번 그 택시를 탈 수 있기를 바란다. 전력질주로 방전되어 버린 마음을 한 편의 시로 충전할 수 있기를 바란다. 그리고 이 글을 읽고 있는 모든 분들도 언젠가 그 택시를 타고, 짧은 마음의 여행을 할 수 있는 순간이 오기를 상상해 본다.

오늘 하루는 조명을 받아도 괜찮아요

후배 배우가 결혼을 한다고 찾아왔다.

사회를 봐 달라고 했다. 이왕이면 제대로 도와주고 싶어서 결혼식 대본까지 맡았다. 예식장에 기본으로 정리된 대본이 있었지만 공연처럼 진행하고 싶었다.

신랑 신부 모두 공통된 소원이 있었다. 양가 부모님이 많은 고생을 하였기에 자신들보다 부모님들이 더 빛나면 좋겠다는 것이었다. 아름다운 소원이었다. 몇 가지 아이디어를 모았다.

신랑 신부가 처음에 나란히 손을 잡고 입장을 한다. 이후에 양가 부모도 나란히 손을 잡고 신랑 신부처럼 행진으로 입장을 한다. 두 어머니가 함께 단상으로 올라와 편지를 읽는다. 신랑 어머니는 신부에게, 신부 어머니는 신랑에게 하고 싶은 이야기를 들려준다. 대본이 잘 정리되었고 결혼식 당일 리허설을 했다.

마침 리허설 중 어머니들 등장하는 순서가 되었다. 두 분을 모시러 갔더니 놀랍게도 서로 손을 꼬옥 잡은 채 떨고 계셨다. 가까스로 일어나 몇 걸음 걸어오시더니, 청심환이 필요하다며 어디론가 달려가셨다.

몇 분 후 다시 리허설이 시작되었다. 단상 위에 조명이 켜졌다. 두 분이 조명 안으로 들어와 편지를 읽으시면 된다고 말씀드렸다. 두 분은 그 조명 바깥에서 한동안 빛을 구경하고 계셨다. 어색한 걸음으로 조명 안으로 들어오시더니 한동안 마른침만 삼키다가 천천히 편지를 꺼냈다.

두 분 모두 편지를 꺼내는 손이 떨리고 있었다. 시선을 어디로 두어야 할지 몰라서 계속 고개만 숙이고 계셨다. 나는 분위기를 풀어 드리려고, 오늘 하루만큼은 배우라고 생각하시고 멋지게 하시면 된다고 말했다. 두 어머님 중 한 분이 잠시 숨을 고르더니 나직하게 말하셨다.

"미안해요, 살면서 한 번도 이런 빛을 받아 본 적이 없어요."

그 한마디에 나는 말문을 잃었다. 속에서 뜨거운 무언가가 울컥했다.

나는 공연을 하는 사람이었기에 무대의 세상에 익숙했다. 무대 위에서는 누군가가 조명을 받고, 많은 이들이 누군가를 주목해 주고, 누군가의 이야기에 집중해 준다. 하지만 두 어머니에게는 그 밝은 빛이 처음이었을 수도 있었다. 그 시간을 두 분의 인생에 가장 빛나는 순간으로 만들어 드리고 싶었다.

"어머님들, 긴장하셔도 괜찮습니다. 신랑 신부가 두 분 손을 잡고 함께 단상으로 올라오게끔 할게요. 조명을 처음부터 켜지는 않을게요. 두 분이 편한 자리에 서시면, 그때 조명을 켤게요. 조명 안에서는 꼭 어딘가를 보려고 애쓰시지 않아도 괜찮습니다. 조명이 들어오는 순간, 사람들은 모두 그곳을 바라볼 거예요. 두 분께서 아무 말씀도 없이 가만히 서 있기만 하셔도, 사람들은 두 분을 계속 바라보고 있을 거예요. 오늘 하루만큼은 조명을 받으셔도 괜찮아요."

식이 시작되고 마침내 두 분 순서가 왔다. 놀랍게도 두 분은 신랑 신부의 도움이 필요 없었다.

두 분이 함께 손을 꼬옥 잡고, 한 걸음 한 걸음 발맞춰 행진하듯 단상 위로 올라오셨다. 조명이 켜졌다. 두 분은 그 밝은 빛에 자신들의 얼굴을 밝히지 않았다. 가지고 온 편지를 밝게 비췄다. 두 분은 밝게 비춰진 편지의 문장을 한 줄 한 줄 읽어 나갔다. 인생에서 아주 오랜만에 찾아온 밝은 조명 안에서도, 두 분은 자신의 아이들에게 보내는 이야기만을 밝히고 있었다. 세상에서 가장 아름다운 주목이었다.

하객들의 박수가 그 어느 때보다 크고 길게 흘러나왔다. 그 순간, 두 어머님도 박수를 치셨다. 자신들을 향한 박수가 아니었다. 신랑 어머니는 신부 어머니를 향해서, 신부 어머니는 신랑 어머니를 향해서, 서로가 서로를 큰 박수 소리로 빛내 주고 있었다.

인공의 조명을 넘어서는, 사람이 사람에게 보낼 수 있는 가장 눈부신 조명이었다.

등 밀어 줄 사람이 없다

아들은 어릴 때부터 설과 추석이 다가오면 심장이 뛰었다.

아버지가 아들을 목욕탕에 데리고 갔기 때문이다. 아들은 목욕탕에 갈 때마다 다짐하는 것이 있었다. 이번에는 꼭 아버지를 이기겠다는 다짐. 아들은 목욕탕만 가면 늘 아버지에게 졌다. 온탕까지는 그럭저럭 비슷한 시간을 견뎠지만 열탕에서는 발을 담그자마자 비명을 지르며 도망치기 바빴다. 그때마다 아버지는 승리의 미소를 지으며 한 호흡으로 목까지 잠수하는 내공을 뽐냈다.

사우나는 일 분이 십 분처럼 흐르는 곳이었다. 아들은 엉덩이 끝만 간신히 걸치고 속으로 숫자를 세다가 항상 일 분을 못 견디고 탈출했다. 밖에서 사우나 안을 들여다보면 아버지는 여유롭게 두 눈을 감고 "시원하다" 소리를 판소리처럼 흥얼거렸다. 때로는 더없이 편안한 표정으로 꾸벅꾸벅 졸기까지 했다.

대체 저 뜨거운 열탕을 어떻게 한 호흡에 들어가는지, 사막 같은 사우나가 어떻게 시원할 수 있는지, 아들은 도저히 알 수 없었다.

아들의 패배가 확정되는 순간은 때를 미는 시간이었다. 두 사람은 돌아가면서 등을 밀어 주었는데 아들이 아무리 힘을 써도 아버지는 뭔가 아쉬운 표정이었다. "좀 더 박박" 밀어 보라고 말했지만, 이를 악물고 밀어도 "좀 더 박박"이 되지 않았다. 그때마다 아버지는 뒤돌아서 이태리타월을 뺏어 들고는 아들의 등을 엄청난 괴력으로 빡빡 밀면서 "이렇게! 이렇게!"를 외쳤다.

아들은 신나는 비명을 질렀다. 가죽이 벗겨질 것 같은 아픔과 새살이 돋는 것 같은 시원함이 한꺼번에 찾아왔다. 때를 다 밀고 나서 샤워를 하면 온몸이 로션을 바른 것처럼 반들거렸다.

목욕탕 문을 열고 탈의실로 나서면 세상에서 가장 시원한 공기가 온몸을 감쌌다.

매점 앞에서 우유를 마실지 두유를 마실지 망설이고 있으면 아버지는 늘 두 병을 다 사 주었다. 평상에 앉아 우유와 두유를 번갈아 홀짝이며 텔레비전을 보고 있으면, 아버지는 옆에 앉아 발톱을 깎았다. 텔레비전 소리와 발톱 깎는 소리, 우유와 두유를 홀짝이는 소리가 뒤섞이면 세상에서 가장 한가한 오후를 맞을 수 있었다.

뽀송해진 몸으로 설렁탕집에 가서 국물을 후루룩 마시면, 몸속까지 목욕하는 기분이 들었다. 목욕 대결은 늘 그렇게 끝이 났고, 아들은 다음에 꼭 아버지를 이기겠다는 결심을 하며 밥을 두 그릇씩 먹었다.

하지만 대결은 오래 지속되지 못했다. 중학생이 되면서 아버지와 이상하게 어색해졌다. 아버지는 중2병 아들이 못마땅했을 것이고, 아들은 사춘기를 몰라주는 아버지가 서운했을 것이다. 대화는 끊긴 지 오래고 밥도 따로 먹는 경우가 늘어났다. 목욕탕은 친구들과 가는 곳이 되었다.

아들이 고등학생이 되었을 때 두 사람의 온도는 냉탕과 열탕만큼 차이가 났다. 아들은 그렇게 고3을 맞았다.

어느 봄날의 토요일이었다. 당시의 고3은 토요일에도 자율학습을 했다. 날이 화창해서 도무지 교실에 앉아 있고 싶지 않았다. 결국 가방을 싸 들고 학교를 나왔다. 아버지는 늘 밤이 늦어서야 집에 돌아왔기에 아무도 없는 집에서 잠이나 실컷 잘 생각이었다.

하지만 놀랍게도 아버지가 집에 있었다. 아들은 당황한 표정을 지었고, 상황을 짐작한 아버지가 엄한 목소리로 왜 벌써 집에 왔느냐고 물었다. 아들은 엉겁결에 "배가 아파서"라고 둘러댔다. 아버지는 한참 말이 없다가 "병원에 가자"며 일어섰다. 아들은 식은땀을 흘리며 아버지를 따라나섰다. 제발 꾀병이 들통나지 않기를 바라며 병원으로 향했다.

진찰을 받자마자 황당한 일이 생겼다. 아들이 맹장 수술을 해야 한다는 것이었다. 지금은 배도 안 아프고 멀쩡하겠지만, 맹장이 점점 부풀고 있으니 두 시간 정도가 지나면 엄청 아플 것이고 그때 수술을 해야 한다는 것이었다.

담당의는 "이런 증상을 알아채기 힘든데 일찍 와서 대단하다"며 아들을 칭찬했다. 아버지는 의심의 눈초리를 거두고 미안한 표정으로 아들을 바라보았다. 아들은 당황스러웠다. 꾀병을 들키고 싶지 않았지만 맹장 수술까지 바란 것은 아니었다.

그렇게 아버지와 아들은 병원 로비에 앉아서 두 시간을 기다렸다. 아마도 고등학생 시절을 통틀어 아버지와 가장 오래 있는 시간이었을 것이다.

아버지는 어색한 두 시간을 버티기 위해 이런저런 얘기를 했다. 당신이 겪었던 수술의 경험, 아마도 오랫동안 목욕을 못 할 수도 있다는 짐작, 퇴원하면 목욕탕에 데리고 가겠다는 약속, 그렇게 어색한 두 시간이 채워졌고 아들은 거짓말처럼 배가 아파 오면서 맹장 수술을 받았다. 웃거나 기침만 해도 배가 당겨 오는 아픔을 견디며 입원 생활을 마쳤다.

한 달 가까운 시간이 흘렀고, 수술 자국이 아물어서 목욕탕에 갈 수 있는 상태가 되었다. 아버지와 아들은 정말 오랜만에 목욕탕에 함께 갔다.

서로가 많이 달라졌다고 생각했지만 변하지 않은 것이 있었다. 아들은 여전히 열탕에 발을 담그자마자 비명을 질렀고 아버지는 한 호흡으로 목까지 잠수했다. 아들은 여전히 일 분을 못 채우고 사우나에서 도망쳤고 아버지는 여전히 "시원하다"를 흥얼거렸다. 단 하나 변한 것이 있다면 아버지의 등보다 아들의 등이 더 커진 것이었다. 아버지와 아들은 말없이 서로의 등을 밀어 주었다. 아마도 아버지는 아들의 커진 등이 기특했을 것이고, 아들은 아버지의 작아진 등에 울컥했을 것이다.

그날이 아버지와 아들이 목욕탕에 간 마지막 날이었다. 이십여 년의 세월이 흘렀고, 아들은 점점 그 당시 아버지 나이에 가까워지고 있다. 이제는 열탕에 허리까지는 담글 수 있게 되었고 사우나에서 십 분에 가깝게 견딜 수 있게 되었다. 이제야 “시원하다”가 어떤 느낌인지 알 것 같았다. 아들은 그 모습을 뽐내며 자랑하고 싶지만 이제 아버지는 세상에 없다.

한 위대한 배우가 일 막을 마친 후, 분장실에서 삶의 마지막 숨을 쉬고 떠났다. 다음 날, 배우들은 어제와 마찬가지로 분장을 하고 등장인물이 되어 무대에 섰다. 공연이 끝나고 박수 소리가 울려 퍼지는 순간, 눈물이 분장을 지웠고, 그들은 비로소 자기 자신으로 돌아왔다. 그것이 그 위대한 배우에게 보내는 최고의 예우였다.

3부

책 한 권, 사람 하나

어린 시절, 꽤 긴 시간 혼자였다.

외동이었고 부모님은 맞벌이를 했으니까. 동네 골목에서는 또래 아이들이 놀고 있었지만, 나는 사람 눈을 잘 마주치지 못할 정도로 부끄러움을 탔다. 그래서 거의 매일 어머니를 졸라서 동전을 들고 오락실에서 살다시피 했다.

아버지는 그런 내가 걱정스러웠나 보다. 어느 날 집에 와 보니 『삼국지』 한 권이 놓여 있었다. 아버지는 아들에게 조건을 걸었다. 삼국지 첫째 권을 다 읽으면 백 원을 주고, 둘째 권을 다 읽으면 이백 원, 셋째 권을 다 읽으면 삼백 원을 주겠다고. 삼국지는 총 열 권이었다. 그리고 또 조건이 있었다. 첫째 권을 읽어야만 둘째 권을 사다 줄 거라고 했다.

벌써부터 오락실 화면이 눈앞에 아른거렸다. 당장 백 원을 받기 위해 책의 첫장을 넘겼다. 오락실 화면이 사라지고 거대한 대륙이 눈앞에 펼쳐졌다. 분명 혼자 있었지만 소설 속 영웅호걸들이 방 안 가득 찬 느낌이었다.

몇 시간 후, 첫째 권을 다 읽어 버렸다. 아버지는 한밤중에야 귀가할 것이고, 아무리 빨라도 다음 날은 되어야 둘째 권을 읽을 수 있을 것이었다. 아버지를 기다리는 시간이 너무 길었다. 어서 빨리 다음 이야기를 읽고 싶었다. 하도 읽고 싶은 나머지 제멋대로 이리저리 다음 책의 내용을 상상했다. 상상을 하다 보니 훌쩍 밤이 되었다.

아버지를 보자마자 둘째 권을 사 달라고 졸랐다. 아버지는 놀람과 기쁨이 섞인 표정으로 첫째 권의 내용을 물어보았다. 나는 신이 나서 이야기꾼처럼 떠들어댔다. 아버지는 곧바로 닫힌 동네 서점에 달려가서 둘째 권을 사다 주었다.(알고 보니 두 분은 친구였다.)

아마도 나는 그날 둘째 권을 읽느라 밤을 샜던 것 같다. 다음 날 아침 출근하는 아버지를 붙잡고 둘째 권 이야기를 신나게 했던 기억이 있으니.

아버지는 내 손을 잡고 어젯밤 그 서점에 들러서 셋째 권을 사 주었다. 수업 시간에 읽으면 안 된다는 당부를 하면서.

아버지 친구인 서점 아저씨는 "어젯밤 둘째 권을 사갔는데 오늘 아침 셋째 권을 사 간다고? 대단하네!"라며 과장 섞인 칭찬을 해 주었다.

아버지는 그 칭찬이 기분 좋았나 보다. 그날 이후 다음 책을 살 때마다 내 손을 잡고 서점에 가서 보란 듯이 책을 사 주었으니. 책을 다 읽었다고 하면, 관객처럼 앉아서 내용을 이야기해 달라고 했다. 내가 신나게 얘기하면 적절한 리액션과 감탄사로 추임새까지 넣기도 했다.

어느 순간부터 나는 책을 읽는 것보다, 책 읽은 이야기를 아버지에게 들려주는 것이 더 재밌어졌다. 어떨 때는 책을 다 읽지 않았는데 다 읽은 척을 하며 제멋대로 이야기를 만들어내기도 했다.

시간이 흐르면서 같은 반 아이들과도 삼국지 이야기를 하면서 친해졌고, 어느새 나는 친구들 사이에서 '재밌는 애'가 되어 있었다. 책 읽은 이야기만 했을 뿐인데 재밌는 애가 되어 버렸다. 나는 그 '재밌는 애' 타이틀을 놓치지 않기 위해서 더 열렬히 책을 읽었다. 학교가 파하면 곧바로 서점에 가서 눈에 띄는 책을 꺼내 들고 재밌는 이야기를 찾았다.

친구들에게 들려줄 만한 이야기를 찾으면 등교 전날 밤부터 두근거려서 잠이 오지 않았다. 분명 책 읽기의 즐거움 때문에 나는 독서를 시작했지만 어느 날부터 '이야기 들려주기의 즐거움'을 알게 되면서 독서의 목적이 바뀌게 되었다. 어쩌면 내가 이야기 만드는 일로 인생을 살게 된 것도 그때의 영향이었을지 모른다.

요즘도 좋은 책을 읽으면 가방에 넣어 다니다가 친한 사람에게 불쑥 건네곤 한다. 그 책이 누구에게 가장 어울릴지 상상을 하면서. 그 생각을 하며 가방에 책을 담으면 하루 종일 두근거린다. 좋은 사람에게 좋은 책을 선물하고 싶어서, 좋은 이야기를 들려주고 싶어서, 나는 오늘도 책을 읽는다. 책 한 권을 읽으면 사람 한 명이 생겨난다는 믿음을 가지면서.

〈홀연했던 사나이〉의 탄생
-작곡가 다미로에게

〈홀연했던 사나이〉의 막이 오를 때마다,
이건 혹시 꿈이 아닐까 하는 생각이 들어.

정신을 차려 보면 어느새 '우리들의 레드카펫'이 들려오지. 그럼 나도 모르게 눈물을 흘리게 돼. 나도 이런 내가 부끄럽지만 어쩔 수 없어. 왜냐하면 나는 이 공연이 올라갈 거라고 생각하지 못했거든. 이 이야기는 내가 시작한 게 아니야. 늘 누군가가 나타나 이야기를 만들게 했고, 만들어진 이야기를 희곡으로 쓰게 했고, 희곡을 뮤지컬 극본으로 거듭나게 했고, 뮤지컬 극본을 무대 위에 펼칠 수 있도록 도와주었지.

새벽부터 기억을 더듬어서 그들의 얼굴을 모두 떠올려 보았어. 시작은 십삼 년 전이야. 2011년의 어느 날, 연극을 제대로 배워 보고 싶다는 생각이 들었어. 스물넷에 극단 결판을 만들어서 활동했지만 단원들 중에 선공자가 한 사람도 없었어. 언제나 배움에 대한 갈증이 절실했어. 정신을 차려 보니 서른이었어. 더 늦기 전에 학교에 가고 싶었지. 다행히 현장 공연인을 위한 과정이 있었고, 나는 다시 학생이 되었어. 나는 동기들과 잘 어울리지 않았어. 극단 활동 때문에 조용히 수업을 듣고 조용히 공연을 하러 갔어. 그런 패턴이 반복되었다면 아마 우리는 만나지 못했겠지.

우리가 만나게 된 건 두 가지 인연 때문이야. 나는 그때 윤대성 선생님의 희곡 수업을 들었어. 학기 중에 제대로 된 작품 한 편을 완성해야 학점을 받을 수 있었지. 선생님은 엄격하셨어. 완성된 희곡을 직접 소리 내어 읽으시다가 조금이라도 억지로 꾸며낸 것 같은 부분이 보이면 가차 없이 중단하셨지. 내가 쓴 거의 모든 희곡이 절반 이상 읽힌 적이 없었어. 그러다 어느 날 나직하게 말씀하시더라고. 애써 머리 굴리지 말고 네가 겪은 걸 쓰라고. 이 세상에 똑같은 경험을 하는 사람은 아무도 없다고.

그때 불현듯 내 어린 시절이 떠오른 거야. 어머니가 운영하던 가게에 와서 언제나 공짜 엽차만 마시고 사라지던 아저씨가 있었거든. 그 아저씨는 늘 두툼한 종이 뭉치를 들고 있었고, 그게 영화 시나리오라고 했어. 일부러 어머니가 보는 앞에서 나한테 대사를 읽게 하고, 영화배우의 소질이 있다며 칭찬했지. 그럼 어머니는 기분이 좋아서 커피와 라면을 대접해 주었어. 그렇게 보란 듯이 나를 앉혀 놓고 공짜를 즐기던 아저씨는 어느 날 소리 소문 없이 사라졌지. 어머니는 사기꾼이라고 말했는데, 이상하게 기분이 나빠 보이진 않았어. 생각해 보면 어머니는 알면서도 속아 준 것이 아닐까. 그렇다면 대체 왜 속아 준 걸까.

그렇게 희곡 〈홀연했던 사나이〉가 탄생했어. 윤대성 선생님은 처음으로 이야기를 끝까지 읽어 주셨지. 하지만 내가 조광희 선생님의 희곡 수업을 청강하지 않았다면, 그 이야기는 연극에서 멈췄을지 몰라. 선생님이 어느 날 내게 물으셨어. 뮤지컬을 해 볼 생각은 없냐고. 가능성 넘치는 작곡가가 있는데 둘이 잘 맞을 것 같다고. 난 그때까지 뮤지컬에 대해 별로 생각해 본 적이 없었어. 하지만 선생님의 말씀에 갑자기 뮤지컬이 하고 싶어졌지. 그 작곡가가 나랑 동갑이라는 얘길 들었기 때문이야. '그 작곡가는 무슨 이유로 나랑 같은 나이에 뒤늦게 학교에 들어왔을까?' 이 궁금증 하나로 뮤지컬 수업을 신청했어.

우리는 만나자마자 술을 마셔댔지. 한번 마시기 시작하면 꼭 해가 뜨는 걸 보고 나서야 헤어졌지. 그렇게 헤어지고 나서도 나는 혼자 새벽 거리를 한참 걸어 다녔어.

난 그때 꿈을 꾸고 싶었어. 살아 있는 내내 심장을 두근거리게 만들어 줄 아주 커다란 꿈. 근데 그 꿈이 떠오르지 않아서 늘 잠이 오지 않았지. 학교 다니는 내내 잠이 오지 않았어. 꿈을 찾지 못한 채 일 년이 지나갔지. 그런데 갑자기 네가 졸업을 한다는 거야. 알고 보니 나보다 일 년 선배였었지. 나는 아찔해졌어. 이 친구가 학교를 떠나면, 난 계속해서 잠이 오지 않겠구나.

네 졸업식 날의 술자리였던가. 내가 술을 따라 주며 그랬을 거야.

"이제 너 졸업하면 나는 무슨 재미로 술 먹지?"

그때 네가 불쑥 말했지.

"네가 빨리 졸업해야지. 그래야 우리 뮤지컬을 만들지."

'우리 뮤지컬'이라는 다섯 글자가 심장을 때리더라고. 아, 이게 꿈이 될 수 있겠구나. 나 혼자 꿈꾸지 않아도 되는구나. 공통의 꿈을 같이 꾸면 되는구나. 더군다나 너는 우리의 첫 뮤지컬을 꼭 나의 희곡으로 하고 싶다고 했지. 나의 가장 솔직한 이야기가 담긴 글로. 그 순간 모든 인연이 하나로 합쳐진 거야.

"음, 나한테 〈홀연했던 사나이〉라는 대본이 있는데……."

그렇게 십 년 넘는 세월이 흐르고, 우리는 벌써 열두 편을 같이 하고 있어.

조용히 울 줄 아는 사람, 봉태규

배우이자 작가인 봉태규는 나랑 동갑이다.

그를 처음 영화에서 보았을 때, 화면을 노려보는 불온한 눈빛에 반했던 것 같다. 프레임 안의 세상에 살고 있지만 여차하면 그 밖으로 뛰쳐나와 버릴 것 같은 에너지가 있었다. 어딘가 삐딱한 눈, 저항하는 눈, 만족하지 못하는 눈, 그런 눈을 가지고 싶었던 것 같다. 어떻게 살지 몰라서 어디론가 도망치고 싶던 시절, 봉태규의 눈을 볼 때마다 숨통이 트였다.

"전 연극하면서 재미있었던 적이 없어요. 제가 이걸 하면 재미있을까요. 제가 이 역할에 어울릴까요. 지금 시대에 이런 이야기를 연극으로 올리는 의미는 뭐죠."

연극 〈보도지침〉 캐스팅을 위해 만났을 때, 그는 상당히 많은 질문을 던졌고, 난 이상하게 신이 났다.

"난 이런 이야기를 하고 싶고, 이런 눈빛의 배우가 필요한데, 그게 바로 당신이고, 사실 우린 동갑이다."

나의 엄청난 횡설수설을 때론 묘하게, 때론 딱하게 바라보던 그는 고맙게도 그날 밤 "하겠다"고 연락해 왔다.

봉태규는 늘 연기에 대해 대답하기 힘든 질문을 했다.

"난 연기를 하지만 꾸미지 않고 나 자신을 그대로 보여 주고 싶다. 그러나 그것 또한 연기가 아닌가. 그럼 어떻게든 꾸미는 것이 맞는 걸까. 그럴 거면 아예 제대로 꾸며서 연기를 하는 것이 맞는 걸까. 그렇다면 그 모습은 진정한 내가 맞는 걸까."

난 계속 횡설수설했다.

"사람의 얼굴은 여러 개일 것이고 연기는 그중 하나를 꺼내 쓰면 되는 게 아닐까. 그럼 어떤 얼굴도 자기 자신이 아닐까. 그런데 그 얼굴이 원래부터 있던 얼굴인가. 아니면 새로 만든 얼굴인가. 새로 만들면 자기 자신이 아닌가. 미안해. 내가 이래서 배우를 포기했어."

봉태규는 밤마다 전화를 걸어서 질문을 던졌고, 횡설수설은 계속됐다. 어느 날 밤, 그가 불쑥 말했다.

"모르는 걸 모른다고 인정하는 데 참 많은 시간이 걸린 것 같아."

"내가 살고 생각하고 말하는 모든 게 다 연기로 나오는 것 같아."

"연극이 참 좋네. 매번 무대에 오를 때마다 시간이 변하니까 내 생각도 변하고 있을 거고, 그럼 매번 다른 진짜가 나올 수 있겠네."

"연기가 점점 재미있어져."

봉태규는 연습 내내 웃음을 멈추지 않았다. 술을 한 잔도 안 마시지만 늘 자리에 와서 어울렸다. 말하기보다 듣는 쪽이었다. 남의 얘기를 경청했고 나직하게 몇 마디를 보탰다. 사람에 대한 존중이 몸에 배어 있었다.

봉태규는 늘 연극의 마지막 장면에서 소리 내어 울었다. 법정에 선 주인공이 아이의 돌잔치에 가지 못해 미안하다고 말하는 장면이었다. 아이들이 생각난다고 했다. 자신의 아이뿐 아니라 모든 부모의 아이들이 생각난다고 했다. 그게 너무 슬프다고, 견딜 수가 없다고.

시간이 많이 흘렀다. 이제 봉태규는 방송에 자주 나오며 다양한 역할을 보여 준다. 난 즐거운 마음으로 그의 조곤조곤한 목소리를 듣는다.

가끔 누군가 묻는다. 봉태규는 어떤 사람이냐고. 그때마다 딱 한 장면이 떠오른다. 함께 뮤지컬 〈앤〉을 보러 갔을 때, 옆자리에서 조용히 울고 있던 모습이. 우는 소리가 방해될까 봐 숨죽여 울음을 참던 모습이. 나한테는 봉태규가 그런 사람으로 기억될 것 같다.

분장실에서

배우 A는 항상 공연 이십 분 전 분장실에서 청포도 사탕을 먹는다.

사탕이 녹는 동안, 그는 침묵에 빠진 채 대본을 읽는다. 그에게 청포도 사탕은 기도와 같은 걸까.

배우 B는 무대로 들어서기 직전, 이곳에서 어머니의 부음을 들었다. 그는 내색하지 않고 무대로 나갔다. 공연을 마치고 이곳에 다시 들어오자마자 비로소 통곡했다.

배우 C는 오랫동안 절연했던 아버지가 처음으로 공연 보러 온다는 소식을 들었다. 전날 밤 그는 집에 가지 않고 이곳에 남았다. 밤새 연습했다. 슬프게도 그는 쉰 목소리로 무대에 섰고, 아버지는 그의 쉰 목소리가 안쓰러워서 보는 내내 울었고, 그리하여 그는 공연이 끝나자마자 이곳에 들어와 쉰 목소리로 울었다.

그런 곳이 바로 분장실이다.

무대는 배우가 다른 인물을 연기하는 공간이고, 분장실은 배우가 다른 인물로 변하는 공간이다. 규모 있는 극장은 무대와 분장실이 구분되어 있다. 하지만 작은 소극장은 무대와 분장실 사이에 벽 하나만 존재하는 경우가 많다. 어찌 보면 모두 한 무대에 있는 셈이다. 배우를 위한 공간도, 배우가 되기 위한 공간도, 그리고 그 배우를 보기 위해 모인 관객의 공간도.

공연 이십 분 전 극장 문이 열리면, 관객은 조심스레 객석으로 들어온다. 공연을 기다리는 이십 분 동안, 관객은 숨을 죽이고 있다. 관객은 알고 있다. 저 무대의 벽 바로 뒤에서 배우가 기다리는 중이라는 걸. 배우 또한 알고 있다. 이 분장실 벽 바로 뒤에서 관객이 기다리는 중이라는 걸.

그래서 그 이십 분간, 극장에는 침묵이 흐른다. 이십 분 후의 배우를 기다리는 침묵, 이십 분 후의 관객을 기다리는 침묵, 벽 너머 서로의 존재를 알고 있지만, 상대방이 마지막 숨을 쉴 수 있도록 자신의 숨을 멈추는 시간. 참 아름다운 침묵이다.

분장은 자신의 얼굴을 다른 얼굴로 꾸미는 일이다. 매일매일, 공연 세 시간 전, 어제의 열기가 식지 않은 빈 극장에 도착해서 거울 너머 자신의 얼굴을 본다. 아직은 배우의 얼굴이 아닌, 극장 바깥에서 살아가는 현실의 얼굴. 밤새 대리운전을 하다가 쪽잠을 자고 온 배우 D의 얼굴, 벌써 세 번째로 전세대출 피싸를 맞아서 갈 곳이 막막한 배우 E의 얼굴, 고양이가 며칠째 집에 돌아오지 않아서 틈만 나면 찾으러 다니는 배우 F의 얼굴.

그들은 밤새 지었던 웃음과 피로와 눈물의 표정을 극장 바깥에 둔 채, 아무 일도 없었던 것처럼 분장실로 들어온다. 그리고 다시 묵묵히 어제의 흔적이 남아 있는 얼굴 위에, 오늘의 얼굴을 천천히 바르기 시작한다.

한 위대한 배우가 일 막을 마친 후, 분장실에서 삶의 마지막 숨을 쉬고 떠났다. 다음 날, 배우들은 어제와 마찬가지로 분장을 하고 등장인물이 되어 무대에 섰다. 공연이 끝나고 박수 소리가 울려 퍼지는 순간, 눈물이 분장을 지웠고, 그들은 비로소 자기 자신으로 돌아왔다. 그것이 그 위대한 배우에게 보내는 최고의 예우였다.

분장을 한다는 것은 어쩌면 다른 얼굴로 변하는 과정이 아니라 자신의 얼굴을 지우는 과정일 것이다. 잠시 후 다가올 관객과의 아름다운 침묵을 위해서, 배우는 잠시 자신의 삶에 침묵하는 것이다. 오늘도 세상의 모든 극장에서 그들의 침묵이 무사히 흐를 수 있기를.

커튼콜, 배우와 관객의 마지막 인사

연극 〈삼류배우〉에서 아들이 어머니에게 묻는다.

왜 아버지랑 결혼하게 되었냐고. 어머니가 답한다. 연극을 보러 갔었는데 한 배우가 커튼콜 때 그 누구보다 더 깊게 더 오랫동안 인사하는 모습을 보았다고. 그 순간 그 배우를 좋아하게 되었다고.

커튼콜은 배우와 관객이 서로에게 보내는 마지막 인사다. 극장의 불이 꺼지기 직전 가장 밝은 순간이다. 무대와 객석이 서로에게 마음을 보내는 짧으면서 소중한 시간. 그리하여 커튼콜에 대하여 공연보다 더 깊게 오랫동안 고민을 한다.

배역의 상태로 인사할 것인지, 배우로 돌아와 인사할 것인지, 배역의 상태에 머문다면 이야기의 결말에 머물 것인지, 결말을 넘어서는 가능성을 보여 줄 것인지. 인물들의 관계는 그대로 머물러 있을 것인지, 아니면 사랑할 수 없었던 이들이 사랑하고 미워했던 이들이 화해할 수 있는 것인지. 어떤 순서로 등장하고, 인사하며, 퇴장할 것인지. 인사를 할 때 배우의 감정은 공연의 감정과 이어질 것인지, 아니면 배우 각자의 감정을 표현해도 되는 것인지. 배우가 모두 퇴장한 후 객석엔 곧바로 조명이 켜질 것인지, 아니면 잠시 동안의 어둠과 음악 속에서 여운이 돌게 할 것인지.

나는 커튼콜을 상상할 때 배우의 도움을 많이 받는다. 이야기의 모든 순간을 거친 후 마지막으로 무대에 등장했을 때, 어떤 마음으로 어떤 인사를 하고 싶은지 묻는다. 무대에서 겪는 모든 감정을 다 거쳐 보지 않고는 그 마음과 인사를 찾기가 힘들다. 극장의 기운과 시대의 분위기에 따라 그 마음과 인사도 달라진다. 그래서 커튼콜은 대부분 공연이 오르기 직전의 가장 마지막 순간에 만들어지는 경우가 많다. 무수한 시간을 연습하고 생각하고 논쟁하며, 결국 마지막 순간에 도달한 배우들과 만들어내는 커튼콜. 그 짧은 찰나의 인사를 볼 때마다 길었던 시간이 주마등처럼 스쳐 나는 매번 울컥한다.

악수를 하면 관계가 생기기 때문에 스쳐 지나가는 사람과는 악수하지 않겠다던 사람이 먼저 악수를 건넨다. 검사와 피고인으로 나뉘어서 이제는 함께할 수 없는 친구들이 연극반 시절에 배웠던 노래를 함께 부른다. 한 아버지가 쌓아 올린 죄악으로 갇히고, 미치고, 떠나고, 죽을 수밖에 없는 형제들이 무대를 떠나는 순간만큼은 하나의 길로 나란히 걷는다. 모두의 무덤을 딛고 외롭게 왕이 된 이가 용포를 입지 않고 허공에 휘날리며 그들을 다시 불러낸다. 이야기는 끝이 났지만, 이야기 너머의 이야기를 보며, 우리는 상상으로 그들의 삶을 계속 마음속에서 이어 나간다.

몇 년 전 뮤지컬 〈나와 나타샤와 흰 당나귀〉를 처음으로 공연했던 겨울이 떠오른다. 백석과 자야와 사내가 상상으로 눈을 맞는 마지막 장면이 끝나고 극장 밖으로 나오니, 정말로 눈이 내리고 있었다. 극장의 안과 바깥이 백석의 시처럼 '외롭고, 높고, 쓸쓸한, 어떤 커다란 것'으로 연결되던 날이었다.

때때로 공연의 삶이 캄캄하거나 막막할 때마다, 환한 조명으로 극장이 밝아지고, 환한 눈으로 세상이 밝아졌던, 그 눈부시게 행복했던 순간이 커튼콜처럼 다가온다. 그럼 또 어느새 그 눈부신 기억을 등불 삼아, 다시 연습실을 향해 걷는다.

관객 : 못 잊을 얼굴, 그리운 얼굴, 기다리는 얼굴

세계 여성의 날 기념 초청 공연이 끝난 후,
대기실에서 서로의 틀린 부분을 지적하며 화를 내고 있었다.

갑자기 청소 노동자 한 분이 불쑥 들어오더니 만 원 한 장을 쥐어 주고 떠났다. 황급히 따라가서 어떤 영문인지 물었다. 그 분은 눈물범벅이 된 얼굴로 말했다.

"내 이야기라서 그래요."

4대강 공사 반대 촛불 문화제에서 공연 중이었는데 술 취한 어르신 한 분이 마시던 소주병을 던졌다. 그대로 달려가 껴안으며 물었다.

"아까운 소주를 왜 던지세요! 차라리 따라 주세요!"

그분은 빨개진 얼굴로 말했다.

"아 그냥 좀 외로워서 그랬지. 진짜 따라 줘?"

후배의 어머니가 투병 중이었는데 같은 병실 환자들과 공연을 보고 싶어 하셨다. 뮤지컬 〈빨래〉를 보여 드렸다.(심우성 배우님 감사합니다.) 그날 밤 후배가 보낸 사진에는 환하게 웃고 있는 건강한 얼굴들이 있었다.

"아주 오랜만에, 너무 오랫동안 웃었다. 참 고맙다."는 문자와 함께.

아버지는 연극을 하겠다는 아들을 늘 걱정했다. 꾸중, 호소, 푸념, 울분, 눈물, 온갖 방법으로도 아들의 결심을 꺾지 못한 아버지는 한 가지 소원을 조건으로 허락해 주었다.

"남산드라마센터에서 딱 한 번만 공연해 다오. 친구들한테 자랑하고 싶다."

육십이 넘은 아버지가 알고 있는 유일한 극장이었다. 아들은 그 소원을 들어 주지 못했다. 얄궂게도 아들은 남산드라마센터의 공연을 보려고 줄을 서 있는 와중에 아버지의 부음을 들었다.

관객, 관객, 관객…. 나는 관객이란 단어를 한마디 말로 정의하기가 힘들다.

나에게는 관객이 늘 얼굴로 기억된다. 두 시간짜리 공연을 보기 위해 먼 지역에서 왕복 열 시간을 오가는 관객의 얼굴, 좋아하는 공연을 수없이 보고 결국엔 대사를 외워서 자체 대본을 써낸 관객의 얼굴, 고3 시절 학교에서 보여 준 공연 한 편이 잊히지 않아서 연극영화과로 전공을 바꾼 청소년 관객의 얼굴.

남산드라마센터가 사라질지도 모른다는 소식을 들을 때마다, 사람이 앉아 있었던 객석에 카메라가 설치되고 있다는 소식을 들을 때마다, 밤새 '객석 거리 두기'를 준비하고 가까스로 올라간 공연들이 처음으로 매진되었다는 소식을 들을 때마다, 극장의 기쁨 혹은 극장의 슬픔이 연달아 들려올 때마다, 오랜 세월을 거치며 만나 왔던 뭉클한 얼굴들이 연달아 떠오른다.

서로의 말이 아닌 서로의 눈빛을

한국, 중국, 일본의 배우들을 모아서
하나의 연극을 올리는 프로젝트에 연출로 참여했었다.

정해진 계획은 없었다. 참가자들이 시작부터 마지막까지 모든 것을 자율로 결정하는 프로그램이었다.

한데 첫날부터 혼란의 연속이었다. 나라별로 통역이 있었기에 누군가 한마디를 하면 3개국의 언어가 연습실에 울려 퍼졌다. 무엇을 연극으로 올릴 것인가에 대해 뜨겁게 토론이 펼쳐졌다. 처음에는 모두가 합심하여 하나의 이야기를 만들어 보는 시도를 했다. 쉽지 않았다. 서로의 문화와 정서가 달랐고, 연극을 만들어 가는 방식도 달랐다. 우리에게 재밌는 이야기가 저들에게는 재미가 없거나, 저들에게 감동적인 이야기가 우리에게는 와닿지 않는 경우가 많았다. 통역을 통하다 보니 서로의 말은 통했지만 뉘앙스가 통하지 않는 것 같았다. 뉘앙스를 전하려 애쓰는 과정에서 또 다른 오해들이 꼬리에 꼬리를 물었다. 장시간의 혼선 끝에 모두가 아는 고전을 택하여 연극을 만들기로 했다.

셰익스피어의 〈멕베스〉가 선정되었다. 내용은 모두가 알고 있기에 각자의 언어로 자유롭게 장면 연습을 해 나갔다. 역시나 혼란이었다. 언어가 다르다는 것은 발음만 다른 것이 아니었다. 억양도 다르고, 리듬도 다르고, 에너지도 달랐다. 서로의 대사는 알았지만 서로의 느낌을 알기가 힘들었다. 내가 연출로서 생각하는 대사의 느낌이 있었지만, 그 느낌을 온전히 전달할 수 없었다. 계속해서 말의 느낌과 분위기를 강조했지만 그것은 한국어 대사의 느낌과 분위기일 뿐이었다. 한동안 진도가 나가지 않았다. 며칠 동안 연습실에 어색한 공기가 지속되었다.

답답함을 털어 보려고 술자리를 가졌다. 주말이었기에 통역이 올 수 없었고, 스마트폰 통역 어플로 더듬더듬 말을 주고받으며 대화를 나눴다. 술이 점점 취하면서 흥이 올랐다. 어플을 켜는 시간이 아까울 정도로 건배를 거듭했다. 말하는 시간보다

잔을 채우는 시간이 늘어났다. 통역 어플을 바라보는 시간보다 상대방 눈을 바라보는 시간이 늘어났다. 서로의 믿음이 쌓인 상태에서 바라보는 각자의 눈빛이 참 좋았다. 말은 통하지 않았지만, 저들이 나를 좋아한다는 것이 느껴졌다. 나도 저들을 좋아하는 마음을 조금이라도 더 표현하고 싶어서 계속 그들의 눈을 열심히 바라봐 주었다. 서로의 눈을 보는 것은 서로의 마음을 보는 것이었다.

숙소로 돌아가며 생각했다. 내일 연습부터는 배우들의 말보다 배우들의 눈에 더 집중해야겠다고.

다음 날의 연습에서도 여전히 말은 통하지 않았다. 하지만 배우들의 눈빛은 대사에 따라 시시각각 변하고 있었다. 눈빛의 변화를 따라가니 마음의 변화가 느껴졌다. 마음을 느낄 수 있게 되니 그 배우의 연기가 어떤 상태인지 알 수 있었다. 예를 들어 슬픔을 표현하는 대사에서 어떤 배우의 눈빛은 처음부터 슬픔에 젖어 있었다. 어떤 배우는 슬픈 눈빛을 억지로 만들기 위해 애쓰고 있었다. 그때마다 다가가서 조심스럽게 의견을 말해 주었다. 그 눈빛을 내기 위해 너무 애쓰지 않아도 된다고. 자신의 감정을 혼자 만들어내려 노력하지 않아도 된다고. 오히려 상대의 눈을 보며 말해 보자고, 상대의 눈을 보며 들어 보자고. 서로의 눈을 잘 바라봐 주는 것만으로도 각자의 마음에 무언가 변화가 일어날 수 있다고. 아마도 서로가 서로를 바라보는 시간 속에서 진실한 마음이 생겨날 수 있을 거라고.

그날의 연습 이후, 배우들은 자신의 눈빛이 아닌 상대방의 눈빛에 더 집중하게 되었다. 자신의 감정을 더 느끼기보다 상대방의 감정을 더 바라보게 되었다. 타인의 눈빛과 감정을 느끼기 위해 애쓰는 사람의 모습은 참 아름다웠다. 연습 기간 내내 생각했다. 이것은 어쩌면 연극뿐 아니라, 우리의 인생에서도 정말 중요한 깨달음이 될 것 같다고.

배우들의 언어와 언어가 만날 때

모든 공연은 반드시 연습을 거친다.

작품마다 다르지만 최소 두 달 이상의 기간을 연습에 매진한다. 두 달간 함께 연습을 한다는 것은 '두 달간 함께 살아간다'는 뜻이다. 저마다의 공간과 시간에서 살아왔던 이들이, 무대 위의 '공간'에서 함께 살기 위해, 연습이라는 '시간'을 함께한다. 어쩌면 이것은 작은 기적이다.

연습 첫날 대본을 읽으면 각양각색의 의견이 쏟아진다. 누구는 재밌는데 누구는 밋밋하고, 누구는 웃긴데 누구는 슬프며, 누구는 지금 시대에 꼭 필요한 이야기라는 생각이 들지만 누구는 이 시대에 꼭 필요한 이야기일까 의문이 든다. A에겐 입체적으로 느껴지는 배역이 B에겐 평면적으로 느껴진다. C에겐 참으로 친절한 대사가 D에겐 참으로 불친절한 대사가 된다. '무슨 얘기를 하고 싶은지' 묻는 배우가 있고, '이런 얘기를 하려는 건지' 확인하는 배우가 있다.

이들의 말은 모두 다르다. 하지만 이들의 말은 모두 진실이다. 같은 언어로 된 대본을 읽고 있지만 삶의 언어가 다르기 때문이다. 살아온 과정이 다르고, 겪어 온 상처가 다르며, 꿈꾸는 방향도 다르다. 우연히 극장에 갔다가 벼락 같은 충격으로 배우가 된 사람이 있고, 꺼내지 못한 마음을 꺼내고 싶어서 배우가 된 사람이 있다. 자신의 성격을 바탕으로 연기에 접근하는 배우가 있는가 하면, 주변 사람에게 영감을 받아 연기를 만들어내는 배우가 있다. 극장을 꿈의 광장이라 말하는 배우가 있고 인생의 학교라 외치는 배우가 있다.

이들은 하나의 무대를 꿈꾸며 모였지만 각기 다른 언어로 꿈을 꾼다. 어쩌면 연습이란 각자의 언어로 꿈꾸는 이들이 공통의 언어로 꿈을 꾸려 노력하는 시간일 것이다. A의 웃음은 사실 눈물이며, B의 침묵은 사실 비명이다. 눈물로만 울던 C는 A를 보며 웃음으로 울 수 있게 된다. 비명으로만 절규하던 D는 B를 보며 침묵으로 절규할 수 있게 된다. 그렇게 서로의 언어가 서로에게 스며들며 마침내 어떤 교집합의 언어가 생겨난다. 웃는 눈물과 침묵의 비명으로 이루어진, A와 B와 C와 D를 넘어서는, ABCD의 언어.

마지막 공연이 끝나고 무대가 사라지면 ABCD의 언어는 다시 A와 B와 C와 D의 언어로 갈라진다. 그들은 또다시 저마다의 무대를 찾아 떠나고, 또 다른 삶의 언어를 만나서, 또 한 번의 새로운 무대 언어를 만들어낼 것이다.

코로나19 시절엔 많은 극장이 잠시 막을 내렸다. 각각의 극장에서 울려 퍼지던 무수한 언어가 잠시 침묵 중이었을 때 어쩌면 이 침묵도 새로운 연습일 수 있다고 생각했다. 그 언젠가 또다시 찾아올 세상의 재난 속에서, 안전하고 신중하게 무대의 세상을 건설하려는 연습을 하고 또 했다.

상처의 언어를 견디기 위한 상상의 언어. 아마도 그 언어를 찾는 길은 참 어렵고, 오래 걸릴 것이다. 하지만 우리는 꼭 찾게 될 것이다. 저마다의 공간과 시간에서 살아왔던 이들이, 무대 위의 '공간'에서 함께 살기 위해 무수한 '시간'을 함께 고민하고 노력할 것이기 때문이다. 어쩌면 이것은 큰 기적이 될 것이다.

어둠 속에서 더 빛난 앙상블

2022년 9월 초에 창작 뮤지컬 〈첫사랑〉을 올렸다.

작곡가 김효근 선생님의 가곡들로 구성한 뮤지컬이었다. '첫사랑' '꿈의 날개' '내 영혼 바람 되어'를 비롯한 십여 곡을 하나의 이야기 안에 담아냈다. 배우들은 주요 배역과 앙상블 배역(춤이나 코러스를 하는 역할)으로 나뉘었다.

주인공의 아들인 '지우'라는 배역이 있었다. 공연 내내 아버지의 곁을 묵묵히 지키는 역할이었다. 무대에서 자신이 드러나진 않지만, 주인공이 드러날 수 있도록 바라봐 주고, 옆에 있어 주고, 나란히 걸어 주는 인물. 이 배역만큼은 앙상블 배우 중에서 정하고 싶었다. 이들은 평소에도 무대의 주인공들이 빛날 수 있도록 바라봐 주고, 옆에 있어 주고, 나란히 걸어 주는 배역들이었기에 지우의 마음과 가장 잘 어울린다고 생각했다.

작은 문제가 있었는데, 이 배우들을 당시 처음 만났다는 사실이었다. 재능도, 경력도, 배우를 시작한 계기도 천차만별이었다. 이들에게 양해를 구하고 삼 주가 넘는 시간 동안 번갈아 지우 역할을 부탁하며 한 명 한 명 파악해 나갔다. 삼 주가 지나니 더더욱 혼란스러워졌다. 모두가 저마다의 결을 지닌 훌륭한 지우였다. 같은 묵묵함도 강인한 묵묵함과 섬세한 묵묵함이 있었고, 같은 그리움도 서글픈 그리움과 사무치는 그리움이 있었다. 결국 음악감독과 논의하여 노래를 통해 지우를 정하기로 했다.

때마침 그날은 모 방송국의 프로듀서가 연습 현장을 참관하러 온 날이었다. 보는 눈이 많으니 당연히 긴장될 수밖에 없었다.

내 이야기를 먼저 들려주었다. 내게 아버지와 어떤 추억이 있었고, 어떤 순간에 이별을 했고, 지금은 어떤 마음으로 아버지를 느끼고 있는지. 다른 배우들도 돌아가며 아버지에 대한 이야기를 들려주었다. 서로의 사연을 알게 되니 마음이 편해졌다.

한 배우가 먼저 노래를 시작했다. (이 배우를 A라고 부르자.) A는 역시나 맨 처음이라 그런지 노래 내내 긴장된 목소리였다.

A는 훌륭하게 해냈지만 스스로가 만족하지 못하는 표정이었다. 그렇게 모든 배우의 노래를 들었건만 역시나 고민이 생겨서, 지우 역의 최종 결정을 며칠 후로 미뤘다. 그렇게 매일매일 연습을 해 나가는 한편, 지우를 정하기 위한 모임도 계속되었다.

그 과정에서 A에 대한 이야기를 듣게 되었다. 하루 연습이 끝나면 따로 연습실을 구해서 계속 노래 연습을 한다고 했다. 다른 배우들도 그 연습실에서 함께 노래 연습을 하며 서로에게 조언을 해 준다고 했다. 마음이 울컥했다.

공연은 단 사흘이었기에 한 명의 지우만 정해도 되는 상황이었다. 그러나 그 이야기를 듣고 나니 도저히 한 명만 정할 수가 없었다. 제작사인 마포문화재단에 양해를 구하고 두 명의 지우를 뽑기로 했다. 논의를 거듭한 끝에, 결국 지우가 결정되었다. A는 아쉽게도 지우를 맡지 못했다. 하지만 이후에도 계속해서 자신이 맡은 파트의 연습을 성실하게 해 나갔다.

A가 유일하게 홀로 등장하는, 아주 짧은 장면이 있었다. 시간으로 따지면 몇 초에 불과했다. 대사도 없고 손짓만으로 이루어지는 장면이었다. A는 공연 바로 직전까지도 그 손짓을 쉴 새 없이 연습했다. 100분의 공연 시간에 존재하는 단 몇 초의 시간을 위해 자신의 모든 시간을 쏟아내는 A의 모습이, 그리고 또 다른 B, C, D, E의 모습도 참 근사했다. 마침내 막이 오르고, 모

든 배우가 무대에서 자신의 역할을 빛나게 펼쳐냈다.

연습 참관을 왔던 방송국의 프로듀서가 마지막 날 공연을 보러 왔다. 막이 내린 후 로비에서 만난 그의 눈가가 퉁퉁 부어 있었다. 공연을 보다가 어느 순간 눈물이 터졌다고 했다. 앙상블 배우들이 어둠 속에서 카메라를 들고, 셔터 불빛으로 주인공을 비춰 주는 장면이었다. 이 프로듀서는 그때 확연하게 보았다고 했다. 아무것도 보이지 않는 어둠 속에서, 주인공을 향해 열심히 빛을 비추며, 그 누구보다 가장 열심히 노래를 부르고 춤을 추는 A의 모습을, 그리고 그 어둠 곳곳에서 마찬가지로 뜨겁게 노래하고 춤추고 있는 B, C, D, E의 모습을. 이들에게는 아무런 조명이 비치지 않았지만, 그 짧은 몇 초 동안 가장 눈부시게 빛났다고. 그 찰나의 몇 초가 흐르는 동안, 연습실에서 보았던 이들의 모든 노력이 무대 위에서 눈부시게 흘러갔다고. 그 눈부심 때문에 하염없이 눈물이 흘렀다고. 그 이야기를 들으며, 어둠 속에서 노래하는 배우들의 얼굴 하나하나가 모두 떠올라서, 그 얼굴이 너무 눈부셔서, 나도 덩달아 눈물이 흐르기 시작했다.

"내가 한때 사랑했던 어떤 사람이 나에게 어둠으로 가득한 상자를 주었다. 이 또한 선물임을 이해하는 데는 몇 년이 걸렸다."

이것은 시인 메리 올리버의 말. 이 말을 그때 그 앙상블 배우들에게 들려주고 싶다.

꺼내고 꺼내도 마르지 않는 얼굴, 배우 김대곤

연극 〈보도지침〉 초연에 작가로 참여하면서 배우 김대곤을 처음 만났다.

"정말 재미있는 배우가 있다"는 소문을 들었고, 그 배우가 김대곤이었다. 연습을 참관하러 갔는데 김대곤은 모든 장면에서 활활 날아다니며 배꼽을 흔들어 놓았다. 그러나 내가 가장 감탄했던 장면은 그가 고문 형사 역할로 나올 때였다. 아무런 표정 변화 없이 대사만 줄줄 말하는데 그 서늘함에 숨을 쉬지 못할 정도였다.

그는 밝은 만큼 그늘도 깊은 배우였다. 그의 얼굴을 더 알고 싶었다. 그의 말을 더 듣고 싶었다. 안타깝게도 내가 써 놓은 대사가 짧았다. 밤을 꼬박 새워서 고문 형사의 독백을 만들었다. 내 기억에 A4 용지로 세 장이 넘었던 것 같다. 다음 날 김대곤에게 그 독백을 쥐어 주며 말했다.

"당신의 독백을 듣고 싶어서 마구 써 온 것이니, 당신이 마음껏 넣고 빼고 고쳐도 좋다. 다만, 당신이 이 장면에 오래 머물러 있으면 좋겠다."

그는 약간 당황한 표정이었지만 특유의 씨익 웃는 얼굴로 독백을 받아들었다.

며칠 후, 그는 그 독백을 온전히 자신의 말로 만들어 왔다. 심지어 다른 배우들이 그 형사의 독백에 설득이 된다며 식은땀을 흘릴 정도였다. 나는 김대곤의 밝음과 서늘함 이후를 더 알고 싶었다.

뮤지컬 〈나무 위의 고래〉를 준비하면서 그를 섭외했다. 그는 대본을 넘기며 자연스럽게 물었다. "저는 어디서 웃기면 되죠?" 난 "가장 진지한 역할로 당신을 섭외했다"고 말해 주었다. 그는 또 한 번 당황한 표정이었지만 역시나 씨익 웃으며 대본을 챙겨갔다. 역시나 며칠 후, 그는 밝음과 그늘을 한 몸에 담아내는 연기를 펼치며 또 하나의 얼굴을 보여 주었다.

그는 많은 언어와 얼굴을 지닌 배우였지만, 오랫동안 하나의 언어와 얼굴만 꺼내 든 채 살아온 것 같았다. 그가 무대 위에서 더 많은 언어와 얼굴로 활약하는 모습을 보고 싶었다. 우리는 시간이 맞을 때마다 공연을 함께했다. 〈세상 무슨 일이 있어도 나는 너를 지켜 줄 거야 친구야〉에서는 어리숙한 순사 보조원에서 분노에 찬 빨치산 토벌대로 변신해 가는 역할을, 〈분장실 청소〉에서는 한류 스타 매형의 건물에 빌붙어 살기 위해 똑똑하지만 일부러 무능력한 척하는 처남 역할을, 〈사랑, 가루〉에서는 사랑하는 사람의 기억을 붙잡으려 애쓰며 울고 웃는 역할을.

그는 술자리에서 늘 웃음이 많을 뿐 아니라 좌중을 웃게 만든다. 그 웃음의 대상은 늘 자신이다. 난 그가 타인을 대상으로 웃음거리 삼는 모습을 본 적이 없다. 자기 자신에 대한 풍자와 해학으로 함께 있는 이에게 편하고 유쾌한 웃음을 준다. 그의 유머는 그릇이 참 크다. 그 큰 그릇에 많은 동료가 모여들고, 속마음을 고백하며, 많은 도모로 이어진다. 그는 참 귀한 광장이다.

앞으로도 나는 그와 함께 많은 작업을 하고 싶다. 어쩌면 희망사항에 그칠 수도 있다. 그는 수많은 창작자에게 사랑받는 배우이고, 그의 활동은 무대와 매체를 넘나들기 때문이다. 그는 아마도 더 많이 사랑받을 것이고, 더 많이 넘나들 것이다. 그의 언어와 얼굴은 무한에 가까울 정도로 많아질 것이다. 그 생각을 하면 나는 즐거워진다. 어쩌면 나는 김대곤의 '최초의 얼굴'을 목격한 사람일 수도 있기 때문이다. 더 많은 말을 듣고 싶어 독백을 건넸을 때 말없이 씨익 웃던 그 자신만만한 얼굴을. 밝으면서 서늘하고, 사랑하며 슬퍼하고, 울면서 웃을 수 있는 김대곤의 말과 얼굴이 오랫동안 사랑받으면 좋겠다.

당신에게 가 닿을 말을 찾는 '오선지 위의 구도자'

이진욱은 독특한 사람이다.

피아니스트이지만 소리꾼을 흠모한다. 클래식을 전공했지만 문묘제례악에 빠져 있다. 뮤지컬 작곡가지만 가장 좋아하는 작품은 극단 골목길의 연극이다. 그는 음악으로 말을 하는 사람이지만, 늘 배우의 말을 음악이라고 생각한다. 대본 리딩을 지켜보며 배우의 목소리를 녹음한다. 그 배우의 음색, 억양, 리듬, 높낮이를 반복해서 들으며 자신의 곡을 다듬어 나간다. 그렇게 탄생한 곡은 그 배우의 몸과 마음을 닮아 있다.

우리는 뮤지컬 〈라흐마니노프〉 〈브라더스 까라마조프〉, 연극 〈보도지침〉 등 여러 작업을 함께하며 즐거운 시도를 많이 했다. 긴 독백 자체를 뮤지컬 넘버로 만들어 보고, 일상과 자연의 사운드를 배치해서 멜로디로 표현해 보고, 중세 종교음악에 무굿의 구음을 섞어 보고, 웃음과 울음과 숨소리만으로 노래 가사를 써 보기도 했다. 파격을 꿈꾸는 것은 아니었다. 나는 좀 더 음악에 가까운 말을 꿈꿨고, 이진욱은 좀 더 말에 가까운 음악을 꿈꿨을 뿐이었다. 그렇게 말인지 음악인지 모를 어떤 것들을 함께 꿈꾸며 우리는 조금씩 가까워졌다.

"피아노를 연습하는데 너무 못 치는 것 같아서 화가 났어요. 답답한 마음에 피아노를 하나하나 뜯어 봤어요. 내부의 구조가 정말 복잡하게 생겼더라고요. 건반을 누르면 소리가 날 뿐인 악기라고 생각했는데, 하나의 멜로디를 내기 위해서 피아노의 안쪽에서는 엄청난 싸움이 벌어지고 있었던 거죠."

"피아노란 어떤 악기입니까?" 질문했을 때 그가 들려준 얘기다. 머릿속 해머가 뇌세포의 현들을 쾅쾅 때리는 느낌이었다. 단순함이 모여 복잡함이 되고, 그 복잡함의 끝은 다시 단순함이 된다는 것. 하나의 단순함을 위해 우리는 끝없이 복잡해져야 한다는 것. 그는 피아노 얘기를 했을 뿐이지만 나에게는 이 복잡한 세상을 견뎌낼 수 있는 잠언처럼 들렸다.

그날 이후 나는 마음이 복잡할 때마다 그에게 전화를 걸어서 음악 얘기를 했다. 클래식은 왜 들을 때마다 변함없으면서도 새롭게 느껴지는지, 재즈는 왜 그토록 자유로우면서도 서로를 존중할 수 있는지, 말에 멜로디가 실리면 왜 마음이 움직이는지, 왜 현악기는 가슴을 울리고 관악기는 영혼을 울리는 것 같은지, 왜 음악이 흐르는 순간은 아무 말을 안 해도 서로를 이해할 수 있을 것 같은지. 음악 얘긴지 인생 얘긴지 모를 말을 취기 삼아 던지면, 늘 같은 대답이 돌아왔다.

"그러게요. 왜 그럴까요."

답변인지 물음인지 모를 그 말이 왜 이렇게 위안이 되었는지. 난 그 변함없는 답을 듣기 위해 쉼 없이 연락해서 그를 괴롭힌 것 같다. 그게 참 미안해서 어느 날은 술 한잔을 앞에 놓고 그의 얘기만을 계속 들었다. 오랜만에 취한다며 온갖 얘기를 쏟아내던 그는, 마지막 잔을 마시며 이런 이야길 했다.

"오랜 옛날에, 세상을 알 수 없어서 두려웠던 사람들은, 세상의 답을 알려 줄 멀리 있는 누군가에게 말을 걸고 싶어 했대요. 얼마나 멀리 있는지는 아무도 몰랐죠. 그곳까지 닿을 소리를 위해서 가장 아름답고 성스러운 음을 찾으려고 노력했대요. 아마도 그게 음악인 것 같아요."

이제야 알 것 같았다. 그가 왜 그렇게 말과 음악 사이에서 무언가를 간절히 찾으려고 했는지. 하나의 답을 찾기 위해 두 개의 언어를 오가는 그가 오래오래 작업을 했으면 좋겠다.

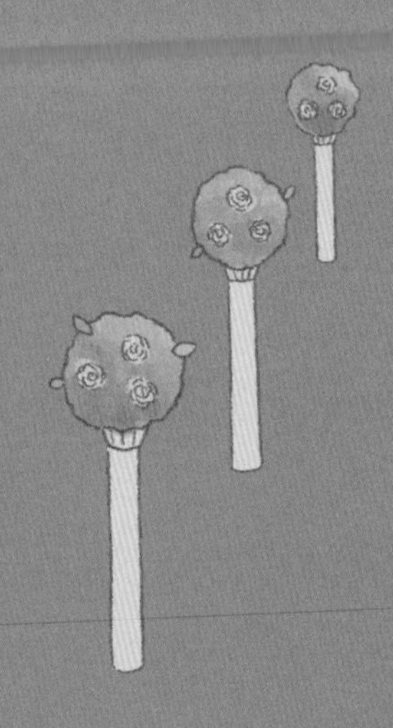

세혁아 너무 놀라지 마라.
어느 봄날, 이모들이 우르르 찾아와 꺼낸 첫마디였다.
엄마 결혼에 대해 어떻게 생각하니? 그때 엄마는 환갑을 앞두고 있었다. 환갑 축하로 잔치 대신 결혼을 택한 거였다. 멋있었다. 아, 엄마가 나보다 먼저 가는구나. 분발해야겠다는 다짐과 함께 엄마 결혼식을 준비했다.
문제는 내가 결혼식을 치러 본 적이 없다는 것이었다.

4부

어쩌면 이 고양이,
날 구하러 온 건지도 몰라

몇 년 전 내가 살던 집의 옆 건물에서 폭발 사고가 있었다.

그 여파로 우리 건물의 거의 모든 창문이 깨졌다. 내 방 곳곳에 유리가 박혔다. 나는 침대에서 자고 있었지만 조금도 다치지 않았다. 내가 다치지 않은 건 고양이 때문이다.

삼십 대가 넘어가면서 운명에 대한 생각을 많이 했었다. 앞으로의 내 인생에 누굴 만나서, 어떤 관계를 맺고, 어떤 길을 걸어가게 될지. 온갖 상상을 다 해 봤었다. 그중에 고양이는 한 번도 없었다. 하지만 나는 고양이 두 마리와 십 년 넘게 운명처럼 살아가고 있다.

따지고 보면 모든 것이 우연이었다.

2012년 봄, 나는 극단원들과 연습을 하고 있었고, 봄날의 햇볕이 햇솜처럼 따뜻해질 즈음이었다. 이상하게 가슴이 설레어 우리는 무작정 연습실을 뛰쳐나가 낮술을 마셨다. 낮술을 마시니 걷고 싶어서, 집에 가지 않고 연습실 근처를 산책했다.

한참을 걷고 있는데 전화가 왔다. 집으로 가던 단원들이 동물병원에 붙은 사연을 읽은 것이다. 태어난 지 삼 개월 된 고양이를 누군가가 다치게 해서 병원에 있다는 것. 마음 착한 의사 선생님이 수술을 해 줬지만 제대로 걸을 수는 없다는 것. 아무도 데려가지 않으면 고양이의 운명이 어찌 될지 알 수 없다는 것.

연극을 한다고 십 년 넘게 객지 생활을 하던 처지였다. 평소였으면 눈을 질끈 감고 지나쳤겠지만, 이미 낮술로 감성이 충만한 상태였다. 불쑥 입양할 용기가 생겼고, 한 번도 고양이를 안아 보지 못했던 손으로 벌벌 떨며 집에 데려왔다. 그렇게 봄날과 햇볕과 낮술과 산책의 힘으로 우리는 함께 살게 되었다.

사자를 닮아서 이름이 '사자'가 된 이 친구는 두세 걸음을 걸으면 넘어질 정도로 걷질 못했다. 하지만 사람을 참 좋아해서 저 멀리 누군가가 있으면 넘어지고 일어나고를 반복하면서 기어이 만나러 갔다.

혼자 있으면 누워 있지만 누군가가 있으면 꼭 일어나서 걷는 모습을 보며, 혹시 친구가 있으면 더 잘 걸을 수 있지 않을까 싶었다. SNS에 사자의 사연과 함께, 친구가 될 만한 고양이를 소개받고 싶다는 글을 올렸다. 친한 누님으로부터 곧바로 사진 다섯 장이 왔다. 이 중에 사자랑 운명이 이어질 것 같은 고양이를 찾아보라고. 얼굴의 한쪽은 하얗고 다른 쪽은 새까만 고양이가 있었다. 색이 다채로워서 마음이 넓을 것 같다는 말도 안 되는 근거로 그 고양이를 택했다. 그 누님은 놀라며 정말 운명이라는 게 있는 것 같다고 했다.

사실 그 다섯 마리 중 나머지 고양이들은 이미 입양되었거나 입양 예정인 고양이었고, 내가 택한 그 고양이는 두어 번 파양을 당한 적이 있었다. 그렇게 (얼굴이 아수라 백작을 닮은) 아수라는 사자의 친구가 되었다. 이 친구는 신기하게도 사자가 밥을 먹은 후에 밥을 먹었고, 둘이 장난을 치다가도 사자가 넘어지면 그대로 멈춰서 기다려 주곤 했다. 사자는 깨어 있을 때 걷지를 못해서인지, 잠들었을 때 마치 달리는 것처럼 네 다리를 허우적거리며 잠꼬대를 하는 경우가 있는데, 그때마다 아수라가 온몸을 핥아 주었고, 사자는 다시 잠잠해졌다.

그렇게 둘은 절친이 되었고, 아수라의 스피드를 따라잡으려 애쓰던 사자는, 점점 뛰게 되었고, 마침내 점프까지 하게 되었다.

내 운명은 사자가 점프를 한 뒤에 달라졌다. 사자는 원래 침대 위에서 자는 걸 좋아했는데, 그러면 나는 이불을 덮고 잘 수가 없었다. 어느 여름밤, 이 두 친구는 밤새 집 안 곳곳을 돌아다니며 숨바꼭질에 열중했고, 나중에는 침대 밑으로 들어가 버렸다. 나는 이 두 친구의 추격전이 시끄러워서 머리끝까지 이불을 덮고 잠들었다. 그날 새벽, 옆 건물에서 폭발 사고가 있었고, 내 방 창문이 깨져서 방 전체에 유리가 박혔지만, 나는 이불을 머리끝까지 덮고 있었다. 고양이들은 침대 밑에서 잠들어 있었다. 그렇게 나는 다치지 않을 수 있었다.

따지고 보면 모든 게 우연이었다. 봄날이었고, 햇볕이 따뜻했고, 가슴이 설레 낮술을 마셨고, 감성이 올라와 사자를 데려왔고, 사자가 외로울까 봐 친구를 찾았고, 색깔이 다채로워서 마음씨 좋아 보이는 아수라를 데려왔고, 둘이 침대 밑으로 들어가 버리는 바람에 이불을 덮을 수 있었고, 그 모든 우연이 합쳐져 내 몸을 구했다.

십 년 넘는 시간이 흘렀고, 고양이들은 중년이 되었다. 고양이의 일 년은 사람보다 빠르다니까, 어쩌면 벌써 내 나이를 넘어섰는지도 모른다. 나는 예전에, 내가 태어난 이유 중에 하나는 이 두 친구를 만나기 위해서가 아닐까 생각한 적이 있다. 이제 생각이 바뀌었다. 이 두 친구가 태어난 이유 중에 하나는, 나를 구하기 위해서였을 것이다. 고양이의 목숨이 아홉 개라던데, 어쩌면 그중 하나를 나한테 주었는지도 모른다.

엄마의 결혼식

세혁아 너무 놀라지 마라.

어느 봄날, 이모들이 우르르 찾아와 꺼낸 첫마디였다. 엄마 결혼에 대해 어떻게 생각하니? 그때 엄마는 환갑을 앞두고 있었다. 환갑 축하로 잔치 대신 결혼을 택한 거였다. 멋있었다. 아, 엄마가 나보다 먼저 가는구나. 분발해야겠다는 다짐과 함께 엄마 결혼식을 준비했다.

문제는 내가 결혼식을 치러 본 적이 없다는 것이었다. 고맙게도 중요한 준비는 이모들이 다 했다. 나는 비용을 보태고, 소식을 알리고, 버스를 섭외하고, 엄마가 보내오는 웨딩드레스 사진을 보며 보란 듯이 감탄해 주는 정도였다. 살면서 엄마의 결혼식을 치를 날이 올 거라는 생각은 한 번도 안 해 봤다. 엄마와 떨어져 산 세월이 길어서 그리 친근한 아들도 아니었다. 준비하는 모든 게 서툴렀다.

결혼식 며칠 전부터 잠이 안 왔다. 나는 어디에 앉아 있어야 할까. 어떤 표정으로 하객을 맞이해야 할까. 얼굴을 모르는 친척에게 어떻게 인사해야 할까. 피로연 때 노래를 부르라고 하면 어떤 곡을 불러야 할까. 내 노래가 끝나더라도, 다른 분이 노래하면 옆에서 춤추고 있어야 하는 걸까. 혹시라도 내가 두 분에게 덕담을 해야 하는 걸까. 나는 엄마 결혼식에 부모 마음으로 있어야 하는 걸까, 자식 마음으로 있어야 하는 걸까.

결혼식장으로 향하는 버스 안에서, 나는 엄마와 관계된 다양한 친척과 지인을 만났다. 그분들은 식장에 도착할 때까지 엄마에 대한 온갖 일화를 들려주었다. 버스에 탄 몇 시간 만에, 나는 엄마의 거의 전 생애에 대한 이야기를 알게 되었다. 모자지간으로 살아온 지 몇십 년이 되었지만, 나는 그 몇 시간을 감당할 만큼 엄마를 알지 못했다. 나는 이야기를 만드는 사람이었지만 엄마에 대한 이야기는 많이 알지 못했다. 그저 열심히 고개를 끄덕이면서, 엄마가 주인공으로 등장하는 이야기의 관객으로 몇 시간을 보냈다.

버스가 식장에 도착하고, 웨딩드레스를 입은 신부를 보는 순간 숨이 턱 막혀 왔다. 엄마는 상상 이상으로 아름답게 빛났다. 신부 대기실에 머무는 몇 분 동안 별다른 말도 못 하고 우물쭈물했다. 내가 할 수 있는 최고의 칭찬과 덕담을 그 자리에서 쏟아붓고 싶었다. 하지만 결혼식 직전에도 아들의 밥을 걱정하는 엄마 앞에서 내 얼굴은 계속 빨개졌다. 나는 한 번쯤 든든해 보이고 싶었으나 선수를 뺏겼다. 나는 가까스로 용기를 내 엄마와 셀카를 찍었다. 찰칵, 사진이 찍히는 소리가 생소했다. 엄마와 함께는 오랫동안 들어 본 적 없는 소리였다. 아마 중학교 수학여행 이후로 처음이었을 것이다. 그래도 그 작은 소리가 몇십 년의 어색함을 깨 주었다.

결혼식이 시작되었다. 고백하자면 나는 엄마가 행진을 시작하는 순간 결혼식장에 들어가지 못했다. 식장 바깥에서 벽에 기대서 울고 있었다. 앞으로 한 걸음씩 전진하는 엄마의 뒷모습을 보면서, 엄마의 세월이 거꾸로 흘러가는 것을 보았다. 그리고 어느 순간 내 나이와 같아진, 여러 갈래 길로 충만한 젊은 발걸음을 보았다.

엄마는 어떤 길을 꿈꾸고 있었을까. 그러다 어떤 길을 거쳐서 나의 엄마가 되었을까. 내가 세상에 처음으로 발걸음을 내디

됬을 때, 엄마는 나를 계속 지켜봐 주었다. 내가 홀로 걸을 수 있는 나이가 되면서, 나는 내 앞의 길만 바라보느라 엄마의 길을 바라보지 못했다.

뒤늦게, 아주 뒤늦게, 나는 엄마의 행진을 바라보았다. 그 행진은 엄마의 용기였다. 그 용기에 나도 용기를 냈다. 하객들이 주는 술을 보조리 받아 마시고, 노래를 부르고, 춤을 추고, 새로운 아버지를 아버지라 부르고, 마지막으로 엄마를 안아 주었다. 그렇게 결혼식이 끝났다. 내 작은 용기도 끝났다.

시간이 흐르며 나는 다시 어색해졌다. 가끔 엄마와 만날 때마다, 용기를 내기 위해 그때의 결혼식을 떠올린다. 그러면 가까스로 엄마에게 술을 따르고, 건배를 하고, 시원하게 들이켤 정도의 작은 행진이 생겨난다. 취기가 오르면 엄마는 내 결혼에 대해 이야기를 꺼낸다.

나는 가끔 상상한다. 만약 내가 결혼하면, 그때는 엄마를 안을 수 있는 두 번째 순간이 될 수 있을 거라고.

두 분은 아주 뒤늦게 신혼여행을 떠났다. 여행 회사에 두 분의 인적 사항을 보내는 과정에서 나는 처음으로 알게 되었다. 새 아버지가 엄마보다 훨씬 연하라는 것을.

나는 여전히 엄마에 대해 잘 모른다. 그래도 이제 너무 놀라지는 않는다.

나의 사랑스러운 고양이, 사자와 아수라

함께 사는 두 고양이 사자와 아수라의 나이가
어느새 열 살을 훌쩍 넘었다.

둘 다 한 살을 채울 무렵 식구가 되었다. 사자도 아수라도 각각의 상처가 있다. 사자는 잘 걷지 못했고, 아수라는 여러 번 파양을 당했다. 몸이 불편한 사자가 홀로 있는 것이 미안해서 아수라를 새로운 식구로 데려왔다.

초반 일 년은 참으로 격동적이었다. 한참 동안 싸우다가, 한참 동안 같이 밥을 먹고, 한참 동안 서로를 물어뜯다가, 한참 동안 서로를 핥아 주었다. 사자는 잘 걷지 못했고 아수라는 낯선 사람을 경계했지만, 서로에게 있어서는 언제나 적극적이었다. 아수라와 놀기 위해서 쓰러지지 않으려고 벽에 기대어 서 있는 사자를 보았고, 사자가 가끔 잠꼬대를 할 때마다 다가와서 얼굴을 핥아 주는 아수라를 보았다. 싸움과 우정 사이의 경계에서 두 고양이는 차차 나이를 먹어 갔다. 그렇게 십 년이 지났다.

두 고양이는 이제 예전만큼 격동적이지는 않다. 대놓고 싸우지는 않지만 대놓고 놀지도 않고, 그닥 가까이 붙어 있지도 않지만 그닥 멀리 떨어져 있지도 않다. 서로에게 있는 듯 없는 듯 한가로이 누워서 시간을 보낸다. 누구 하나가 부스스한 표정으로 일어나 밥을 먹으면, 나머지 하나도 따라 일어나 같이 밥을 먹는다. 각자의 밥그릇과 물그릇이 있지만, 늘 한쪽만 비워진다(두 고양이 모두 같은 밥그릇과 물그릇을 쓴다). 고양이 집에 사자가 들어가 있으면, 아수라는 바깥에 있다. 그러다 사자가 자리를 비우면 아수라가 잽싸게 안에 들어간다. 그럼 또 다시 사자가 바깥에 있다(물론 고양이 집은 두 개다).

십 년 전이 싸움과 우정의 경계였다면 십 년 후는 독립과 동반의 경계인 것 같다. 이 묘한 널널함이 집의 공기를 편하게 한다.

십 년 세월을 무시할 수 없는지 두 고양이도 가끔 병원에 간다. 밥을 잘 먹지 못하거나 기운이 없어 보이거나 자주 토할 때가 있다. 번갈아 병원에 데려가서 진료를 받는다. 수의사는 그때마다 놀란다. 잘 걷지 못하는 사자가 전체적으로 건강한 상태를 유지하는 것에 놀라고, 체구가 작은 아수라가 갈수록 통통해지는 것에 놀란다. 나도 그때마다 놀란다. 건강 비결이 따로 있지 않기 때문이다.

수의사 말로는 아마도 두 고양이가 서로를 편하게 생각해서, 그 편한 마음이 건강의 비결일 수도 있다고 했다. 동물도 사람처럼 스트레스를 받는다고. 스트레스만 받지 않아도 동물은 사람보다 훨씬 더 건강하게 살아간다고. 결국 건강의 비결은 관계에서 나온 것 같다. 서로를 편하게 만드는 서로의 친절함이 서로의 건강함을 낳았다. 아마도 두 고양이는 십 년간 서로를 바라보며 마음의 밥과 물을 얻었나 보다.

생각해 보니 나도 그렇다. 가끔 내가 고양이들을 케어하는 것이 아니라, 고양이들을 닮아 가고 있는 것처럼 느껴진다. 집에 오자마자 고양이들처럼 널널한 자세로 누워 있다가, 널널한 속도로 밥을 먹고, 널널한 눈빛으로 멍하니 천장을 바라보곤 한다.

마음이 불안하거나 복잡한 갈등이 생겼을 때, 널널한 눈빛으로 나를 바라보는 고양이들을 보고 있으면 어느새 마음이 나란히 널널해진다. 마치 고양이가 베풀어 주는 명상 같다. 고양이의 집사인 동시에 고양이의 제자가 된 느낌이다. 집사와 제자 사이의 그 묘한 관계성이 내 마음 또한 건강하게 만들고 있다.

하루는 주말 낮잠을 자다가 '와작와작' 소리에 눈을 떴다. 두 고양이가 같은 밥그릇에 얼굴을 들이밀고 밥을 먹고 있었다. 그 풍경을 바라보다 다시 잠들었다. 잠시 후 '첨벙첨벙' 소리에 눈을 떴다. 두 고양이가 같은 물그릇에 혀를 날름거리며 물을 마시고 있었다. 그 풍경을 바라보다 다시 잠들었다. 아마도 꽤 오랫동안 나는 꿈나라였던 것 같다. 와작와작과 첨벙첨벙은 세상에서 가장 잠이 잘 오는 ASMR이니까.

집 밖에서는 나도 가끔은 넘어지고 가끔은 주저앉겠지만, 집 안에서만큼은 서로의 널널함을 나누며 한없이 널널해질 수 있다. 넘어짐과 주저앉음을 잠시 잊고, 보란 듯이 누워 버릴 수 있다. 나보다 더 건강하고 친절한 고양이들이 있기에.

어떤 꿈은 발견된다

나는 스무 살 전까지 딱히 꿈이 없었다.

사람이 미래를 꿈꾸는 방식은 다양하겠지만 그 당시의 나는 남들보다 잘하는 것이 있어야 꿈꿀 자격이 있다고 생각했다. 그런 기준에 대어 보았을 때, 나는 전체적으로 애매했다. 공부를 엄청 잘하는 것도 아니었고 운동도 친구들 사이에서 간신히 어울릴 정도였다. 춤신, 노래 천재, 만화 박사, 컴퓨터 도사처럼 한 분야에 별명이 붙을 정도로 탁월한 재능을 보이는 친구들이 있었건만 나는 탁월하게 어중간했다. 공부와 재능이 빛나는 친구들은 저마다 어울리는 꿈을 정하고 있었다. 인생이 막 펼쳐지는 시기인 만큼 포부도 컸다. 그냥 의사, 변호사, 가수가 아니라 세계적인 의사, 세계적인 변호사, 세계적인 가수였다.

세계라는 단어를 발음하기에 나는 너무 쑥스러운 능력치를 갖고 있었다. 그런 생각만 하면 슬픈 기운이 몰려왔다. 꿈을 정하는 것보다 슬픔을 퇴치하는 것이 시급했다.

언제부터인가 매일매일 웃는 것이 나의 꿈이 되었다. 박수와 환호를 받을 수 없으니 누구보다 뜨겁게 박수 치고 환호하면서 웃었다. 누군가처럼 주목받을 수 없으니 누군가를 흉내 내면서 웃음으로 주목받았다.

그렇게 하루하루 웃다 보니 어느새 나는 '꽤 웃긴 친구'가 되어 있었다. 친구들 추천으로 수학여행 사회도 보고 반 대항 장기 자랑에도 나가게 되었다. 친구들 재능에 박수 치면서 지내다 보니 온갖 재주꾼들을 알게 되고, 맞춤 추천 서비스도 하게 되었다. 그림을 잘 그리는 친구가 필요하다거나 컴퓨터를 고쳐 줄 친구가 필요하면 어김없이 나를 찾아왔다. 어느새 나는 친구들과 어울려 웃고, 친구들을 추천해 주는 것이 정말로 행복하다는 것을 알게 되었다.

세상에 그런 직업이 존재하는지는 모르겠지만 누군가의 재능을 발견하고 박수 치고 함께 어울리는 일이 있다면 꼭 그 일을 하고 싶다고 꿈꾸게 되었다. 그렇게 생각하니 꼭 대학에 가야 하는지 고민이 됐다. 담임 선생님의 대답은 참 쿨했다.

"네가 꿈꾸는 일을 대학에서 찾을 수도 있고 사회에서 찾을 수도 있다. 그러니 일단 대학에 가라. 대학에 가서 못 찾으면 바로 사회로 가라."

그 한마디에 설득되어 수능을 보고 대학에 갔다. 그때까지 꿈을 정하지는 못했지만, 책과 영화 보는 것을 좋아했기에 최대한 책과 영화를 많이 볼 수 있을 것 같은 학과로 갔다. 그곳은 엄청난 열정과 재능으로 무장한 친구들이 있는 세계였다. 책과 영화에 빠져들 시간이 없을 정도로 친구들에게 빠져들었다. 내 머리를 틔워 줄 정도로 좋은 친구를 만나는 날이면 기분이 좋아서 잠을 이룰 수 없을 지경이었다.

나는 또다시 고등학교 때처럼 전공에 대한 노력보다는, 열정과 재능이 넘치는 친구들을 사귀고 소개하는 노력을 하게 되었다. 그러다 보니 또다시 엠티에서 사회를 보고, 축제 장기 자랑에 나가고, 친구 맞춤 서비스를 하게 되었다.

어느 날, 연극을 하는 선배들이 광장에서 연습하는 모습이 멋져서 한동안 구경하고 있었다. 그러다 보니 자연스레 술자리에까지 끼게 되었다. 공짜로 얻어먹기가 미안해서 웃음으로 갚고 싶었다. 아까 본 연기들을 흉내 냈더니 박수를 치며 좋아했다. 그날 이후 자연스레 연습을 구경하러 가고, 연습에 못 나온 배우를 대신해서 대본을 읽게 되고, 새로 써야 하는 대본 작업에 참여하게 되었다.

재능이 있다는 생각은 안 했다. 거기서 만난 동료들이 좋아서 계속 함께 시간을 보내고 싶었다. 그들에게 더 좋은 동료가 되고 싶어서 연극을 공부하고 연기 연습을 하면서 시간을 쌓아 나갔다. 이들과 평생 헤어지지 않고 싶다는 생각을 하다 보니 더 필사적으로 연극에 몰두하게 되었다. 그러다 보니 어느새 동료들과 더 많은 연극을 만들고, 새로운 프로젝트를 하게 되고, 그 프로젝트에 새로운 동료들이 합류했다.

나는 마침내 알게 되었다. 그토록 찾아 헤매던 '누군가의 재능을 발견하고 박수 치고 함께하는 꿈'이 바로 연극이었다는 것을.

나는 고민 끝에 다니던 대학을 그만두고 극단을 만들었다. 그리고 계속해서 좋은 동료들과 좋은 꿈을 꾸며 살고 있다.

생각할수록 신기하다. 나는 너무나 어중간했기에 꿈을 찾기 힘들었지만, 좋은 꿈을 꾸는 친구들을 열심히 만나다 보니 어느새 나만의 꿈이 '발견'되었다.

연극은 누군가에게 아주 작은 의미일 수 있어도, 나에게는 가장 큰 꿈이다. 아주 작은 나의 존재를 발견하게 해 주었기 때문이다.

다시 수능 날이 다가온다. 수많은 청소년이 꿈을 위해 시험을 볼 것이다. 어떤 친구들은 아직 꿈을 정하지 못한 채 시험을 볼 수도 있다. 어떤 친구들의 꿈은 대학에 있지 않기에 입시를 치르지 않을 수도 있다.

모든 이들이 각자의 꿈 때문에 남모를 고민과 불안이 있을 것이다. 그 모든 친구에게 뜨거운 박수와 환호를 미리 보내고 싶다. 언젠가 반드시 자신만의 꿈이 찾아올 것이기 때문이다. 찾아내는 방식은 모두 다를 것이다. 어떤 꿈은 스스로 이루어지는 것이지만, 어떤 꿈은 자신을 아끼는 누군가에게 발견되는 것이기도 하다.

숨 좀 쉬자

한동안 숨이 쉬어지지 않는 증상이 계속되었다.

원인을 알 수 없었다. 마감을 앞둔 대본 때문인지, 최근에 누군가와 겪은 갈등 때문인지, 예정된 작업에 대한 불안 때문인지. 떠오르는 이유는 많았지만 정확한 사유를 알 수 없었다. 하루 일을 마치고 집에 오면, 곧바로 드러누워 밀린 숨을 쉬기에 바빴다. 누워 있는 시간이 점점 길어졌다. 몸에 이상이 없었기에 마음의 문제라고 생각했다. 어떻게든 일어나야 했다. 생전 처음 신경정신과를 찾아갔다. 의사와 마주 앉아 무슨 말을 해야 할지 몰라 더듬거렸다.

"제가 숨이 잘 안 쉬어지는데, 무슨 일 때문인지는 모르겠는데, 몸 때문은 아닌 것 같은데, 그렇다면 마음의 문제인데, 나도 내 마음을 잘 모르겠는데, 어떻게든 숨을 제대로 쉬고 싶은데…"

말하는 나도 듣기 힘든 횡설수설이 이어졌다. 의사는 말없이 듣고 있었다. 반응이 없다 보니 내 말이 어느 순간 자연스레 멈추었다.

"왜 말을 멈춰요?"

"아, 말을 너무 많이 하는 것 같아서요."

"마음을 잘 모르겠다면서요? 말하다 보면 조금은 알지 않겠어요?"

"아, 그럴까요?"

"증상을 말하지 말고 하고 싶은 말을 해 보실래요? 주제를 정하지 말고 시간을 정해 봐요. 한 삼십 분이면 어때요?"

"삼십 분간 말하라고요?"

"마침 마지막 상담이니까 시간이 많아요. 나한테 말 좀 해 줘요. 삼십 분 동안."

삼십 분은 상당히 긴 시간이었다. 삼십 분을 채우기 위해 온갖 말을 뱉었다. 연습 중인 공연이 어떤 이야기인지, 연출은 어떻게 할 건지, 다음 작업은 뭔지, 연극과 뮤지컬은 어떤 공통점과

차이점이 있는지, 나는 왜 공연 일을 시작했는지, 내가 처음 본 연극은 무엇인지, 외둥이로 태어나서 얼마나 외로웠는지, 외로움을 이겨내려고 접한 책과 노래와 영화는 무엇인지, 그러다가 만난 연극이 얼마나 강렬하게 다가왔는지, 눈앞에 실제로 사람이 나타나서 나를 향해 말을 걸며 웃기고 울리는 경험이 얼마나 소중한지, 그래서 내 인생이 어떻게 바뀌었는지, 하지만 지금은 제대로 바뀌고 있는 건지, 어쩌면 바뀌었던 순간의 강렬함 때문에 바뀌지 않고 있음에도 바뀌고 있다고 믿고 있는 건지.

공연으로 시작한 가벼운 얘기는 인생에 대한 거대 담론으로 마무리되었다. 삼십 분을 말하는 동안 사십 년 인생 전체가 스쳐 지나갔다. 오랜만에 엄청난 에너지를 썼더니 숨이 가빠졌다. 나도 모르게 헉헉거리며 숨을 쉬고 있었다. 한동안 말없이 숨만 쉬었다. 의사는 그런 나를 바라보며 씨익 웃었다.

"이제 숨 좀 잘 쉬어져요?"

"네, 말을 많이 했더니 숨이 너무 가빠서, 숨이 저절로 쉬어집니다."

"다행이네요. 다음에 올 때는 내 말 좀 들어 줘요. 나도 숨 좀 쉬게."

병원 문을 나서면서, 나는 또 숨이 안 쉬어질 경우 누구를 찾아가서 말을 신나게 해 볼까 떠올리고 있었다.

그날 이후 일부러 많은 지인을 만났다. 보고 싶은 얼굴을 떠올려 하루에 한 명씩 약속을 잡았다. 하루에 한 명씩 삼십 분간 말을 하면 매일매일 숨 쉴 수 있을 것 같았다.

"오랜만이야. 이렇게 보니까 좋네."

"그래, 잘 지내? 별일 없고?"

"말도 마. 내가 요즘 숨이 안 쉬어져서 신경정신과를 처음 갔거든. 근데 거기서…."

"와, 거길 처음 갔어? 난 다닌 지 일 년 넘었어."

"… 응?"

"말도 마. 나도 일 년 전부터 숨이 잘 안 쉬어지는 거야. 근데 원인을 모르겠더라고. 그래서 고민 끝에 병원엘 갔는데…."

오랜만에 만난 친구는 삼십 분이 넘게 자기 이야기를 했다. 나는 말하러 간 처지에서 말을 듣는 처지로 바뀌어 있었다. 잠시 당황했지만 어느새 이야기에 빠져들었다. 주제가 종횡무진으로 달라지는 친구 이야기에 집중하다 보니 어느새 내 숨이 안정적으로 바뀌어 있었다. 열심히 들을 때의 숨도 열심히 말할 때의 숨만큼 잘 쉬어진다는 것을 깨달았다.

한참 말을 이어 간 친구는 한 시간 지나서야 황급히 말을 멈췄다.

"아! 내 정신! 네 얘기를 들어야 되는데!"

"… 아니야, 잘 듣고 있어. 이제 숨 좀 잘 쉬어져?"

"… 아, 숨이 가빠서 그런지 잘 쉬어져."

"계속 얘기해. 숨이 턱까지 차오르도록 얘기해. 그래서 너도 모르게 저절로 숨이 쉬어질 때까지. 나는 계속 들을게. 네 얘기에 맞춰서 천천히 숨을 쉬어 가면서. 오늘 우리 둘이 숨 좀 실컷 쉬어 보자."

'디아블로'에서 만난 톰, 나의 영웅

어릴 적 소원 중 하나는 내 힘으로 컴퓨터를 사는 거였다.

집안 형편이 어렵기도 했지만 왜 컴퓨터가 필요한지 설명하기가 힘들었다.

"컴퓨터로 공부도 하고 숙제도 하고 정보도 얻을 수 있고…."

부모님은 잘 믿지 않았다. 나라도 안 믿었을 것이다. 사실 나도 컴퓨터가 뭔지 잘 몰랐으니까. 가정용 컴퓨터가 막 나오기 시작하던 때였다. 수업이 끝나면 컴퓨터가 있는 친구 집으로 우르르 몰려가 눈을 반짝이며 그 친구가 컴퓨터를 다루는 모습을 하염없이 바라보다가 집으로 오곤 했다.

XT가 AT가 되고 286이 586으로 발전하는 동안, 나는 대학생이 되었다. 그리고 드디어 나는 컴퓨터를 제대로 접하게 되었다. 내 컴퓨터는 아니고 기숙사 룸메이트의 컴퓨터였다.

그 친구를 통해 '디아블로2'를 알게 되었다. 진 세계의 사람들이 하나의 게임에 접속해서 함께 대화하고 모험을 한다는 것은 잠을 이루지 못할 정도의 흥분을 가져다주었다. 낮에는 대학생, 밤에는 게임 속 '바바리안'으로 살아가며 판타지의 삶을 마음껏 즐겼다.

어느 날 오후 수업이 취소되어 쾌재를 부르며 게임에 접속했건만 신나게 던전을 탐험하다가 죽고 말았다. 그동안 모은 아이템을 던전 속에 떨어뜨리고 알몸으로 부활하게 되었다. 허무했다. 누군가 내 아이템을 훔쳐 갈 거라는 생각에 채팅 창에 울음 표시를 연타하며 도움을 요청했다. 그때 지나가던 아마존 전사가 무슨 일이냐 물었고, 나는 짧은 영어로 상황을 설명했다. 그 아마존은 갑자기 자신이 장착한 모든 아이템을 벗어던지더니, 나처럼 알몸으로 던전으로 들어갔다. 그리고 잠시 후 내 아이템을 모두 풀 장착한 상태로 등장했다. '아, 이 녀석이 내 아이템을 훔쳐 가는구나' 생각하며 채팅 창에 분노를 표출하려는 순간, 아마존이 아이템을 훌훌 벗어던지며 쿨하게 말했다.

"이건 너의 것이야."

그 친구의 아이디는 TOM SAM이었다. 미국에 사는 고등학생이었는데, 어떤 상처로 인해 학교를 가지 않고 집에만 있었다. 매일 밤 디아블로2를 하는 것이 유일한 행복이었다. 하지만 늘 우울한 생각이 밀려들어서, 이대로 계속 살아가도 좋을지 자신이 없다고 했다. 바다 건너 사는 미국 청소년에게 가난한 한국 대학생이 해 줄 수 있는 것은 없었다.

"내가 매일 게임을 같이할 테니 슬퍼하지 마."

그렇게 우리는 매일 디아블로2의 세상에서 만났다. 문제는 그 친구의 밤이 나의 낮이었다는 것이다. 그 친구와의 약속을 지키기 위해 나는 한 학기를 휴학했다. 철없는 짓이었지만 그때는 간절했다. 톰은 내 최고의 친구였다. 그저 게임에서 스쳐 지나가는 존재 중 하나였을 나를 위해, 온몸을 불사르며 아이템을 되찾아 준, 내 히어로 톰이 행복하면 좋겠다는 생각만 있었다.

우리가 만나는 날이 많아지면서, 어딘가를 모험하기보다 한자리에 머물러서 이야기를 나누는 날이 늘어났다. 톰은 가족에 대한 얘기를 많이 했다. 아버지는 날 이해하지 못하고, 어머니는 나에게 관심이 없고, 형은 집에 안 들어온 지 오래고…. 그렇게 한참을 쏟아내고 나면 톰은 꼭 말했다.

"너랑 대화를 나누니까 기분이 좀 풀려. 고마워."

톰이 어느 날 말했다.

"아버지가 디아블로2를 시작했어."

"오, 아버지도 게임을 좋아하셔?"

"아니, 한 번도 해 본 적이 없어."

"그럼 왜?"

"…아마도 …나랑 친해지고 싶었나 봐."

한동안 조용하던 톰이 불쑥 말했다.

"온라인 게임에 관련된 직업을 갖고 싶어. 나처럼 뭔가 힘들어서 집 밖으로 나오지 못하는 친구들이 게임 속에서 행복할 수 있도록 만들고 싶어."

"참 좋은 꿈이네. 그럼 뭐부터 시작을 하면 되지?"

"일단, 학교를 나가야지."

그날 이후 톰의 접속 횟수가 점점 줄어들었고, 어느 날부터 게임에서 그의 얼굴을 볼 수 없었다. 나는 다시 복학을 했고, 아주 오랫동안 톰을 잊고 지냈다. 이상하게도 그날 이후 게임을 끊게 되었다. 톰은 정말로 학교에 나갔을까. 톰과 아버지는 게임 속에서 서로에게 속마음을 고백했을까. 톰은 원하던 대로 게임 속 세상을 만드는 일을 하며 또 다른 톰에게 행복을 주고 있을까? 얼마 전 메타버스에 대한 뉴스를 읽으며, 아주 오랜만에 톰이 생각났다.

잠시 함께 달리고 잠시 함께 걸었던 소년 시절

중학교를 이모 집에서 다녔다.

이모네는 면에 있었고 학교는 읍에 있었다. 말이 읍이었지 읍내에서 한참 떨어진 숲과 언덕을 지나야만 나오는 학교였다. 새벽 첫 버스를 타고 삼십 분 가까이 달려서 터미널에 내린 후, 삼십 분을 넘게 걸어가야만 했다. 첫 버스를 놓치는 날이면 숨이 턱 끝까지 차오를 정도로 달려야 했다. 이렇게 삼 년을 다닐 생각을 하니 눈앞이 캄캄했다.

머리를 굴렸다. 자전거로 통학하는 친구들이 있었다. 한 친구에게 부탁해서 매일 아침 터미널 앞에서 만났다. 내가 운전하는 조건으로 아침마다 자전거를 얻어 타고 다녔다. 친구를 뒤에 태우고 언덕을 오를 때마다 허벅지에 불이 나는 것 같았지만, 지각해서 오리걸음을 하는 데 비하면 껌이었다.

하지만 그도 오래가지 않았다. 어느 비 오는 날 아침에 무리해서 달리다가 흙탕물에 넘어지고 말았다. 친구는 내일부터 나를 태우지 않겠다고 선언하며 혼자 자전거를 타고 가 버렸다.

서러움이 소나기처럼 쏟아졌다. 빗속을 터벅터벅 걸으며 자전거를 꼭 사겠다고 결심했다. 나는 그때 학교로 배달 오는 도시락을 먹고 있었다. 집에서 매달 도시락비를 받았는데, 자전거 값을 모으려고 몇 달 동안 점심을 먹지 않았다.

2학기에 접어들 무렵, 드디어 자전거를 살 수 있었다. 매일매일이 천국이었다. 터미널 주변에 자전거를 묶어 두고, 아침이 되면 타고 학교에 갔다가 저녁이 되면 다시 같은 자리에 묶어 놓고 버스를 탔다. 그러나 역시 천국은 오래가지 않았다. 어느 날 저녁 터미널에 가 보니 자전거가 보이지 않았다. 묶어 둔 자물쇠 끈만 잘린 채 덩그러니 놓여 있었다. 자전거를 훔쳐 간 범인을 반드시 잡겠다고 다짐했다.

수업이 끝난 저녁마다 읍내를 돌아다녔다. 일주일이 지났을 무렵, 범인을 찾았다. 터미널에서 껌을 파는 할머니가 있었는데, 손자로 보이는 애가 가끔 할머니를 도와 껌을 팔곤 했다. 나랑 또래처럼 보여서 몇 번 쳐다본 적이 있는데, 그때마다 눈에 힘을 잔뜩 준 채 나를 바라보곤 했다. 자전거가 사라진 날 이후로 몇 번 더 눈이 마주쳤는데, 그때마다 눈길을 피했다. 이상한 예감이 들었다.

어느 날 아침, 학교 가는 척을 하다가 그 애를 미행했다. 예감대로 그 애는 내 자전거를 타고 있었다. 소리를 지르며 달려들었다. 자전거가 넘어지고, 그 애는 붙잡힌 채 애원했다. 자전거를 너무 타고 싶어서 그랬다고, 할머니한테만 말하지 말아 달라고.

그 애는 할머니랑 둘이 살고 있었다. 학교도 다니지 않았다. 싸늘한 표정으로 자전거를 챙겨 돌아가는데, 훌쩍거리는 소리가 들렸다. 나도 자전거가 없었던 시절이 떠올랐다. 한참 고민하다가 제안했다. 저녁에는 자전거를 타지 않으니 타고 싶으면 그때 타라고. 그 대신 아침에는 꼭 다시 터미널에 가져다 놓으라고.

그날 이후 기묘한 공유가 시작되었다. 그 애는 내 자전거를 소중하게 다뤄 주었다. 매일 아침 터미널에 가면 새것처럼 닦인 자전거가 반짝반짝 빛나고 있었다. 나도 가끔 저녁에 자전거를 묶어 놓으며 학교에서 받은 우유를 바구니에 넣어 두곤 했다.

어느 토요일 낮, 수업을 일찍 마치고 터미널에 왔더니 그 애가 기다리고 있었다. 자전거로 갈 수 있는 좋은 곳에 데려다주겠다고 했다.

나를 뒤에 태우고 그 애는 쌩쌩 달렸다. 읍내를 벗어나서 한 번도 가 보지 않은 비포장길을 달렸다. 학교와 터미널만 오가던 자전거가 낯선 길을 달리며 펼쳐내는 풍경은 아름다웠다.

한참을 달리던 자전거가 멈춰 선 곳은 저수지였다. 자기만의 아지트라고 했다. 얼기설기 쳐 놓은 낡은 텐트에는 그 애가 여기저기서 주워 온 잡지와 만화책이 있었다. 해가 질 때까지 만화책을 보며 뒹굴거렸다. 아! 해가 지기 전에 떠나야 했는데….

노을이 지자마자 오토바이를 타고 나타난 무서운 형들에게 자전거를 뺏겼다. 우리 둘 다 엉엉 울면서 비포장길을 걸었다. 그 애가 울먹이며 말했다. 매일 아침마다 학교까지 같이 걸어가주겠다고.

그 애는 정말 약속을 지켰다. 친구와 삼십 분을 걸어가며 떠는 수다는, 자전거와는 또 다른 행복을 주었다. 한 달이 지난 어느 날, 그 애가 터미널에서 보이지 않았다. 껌을 팔던 할머니도 보이지 않았다.

한참이 지나 알게 되었다. 할머니는 돌아가셨고, 그 애는 보육원에 들어갔다고 했다. 그때 깨달았다. 나는 그 애 이름도 물어보지 않았다는 것을. 그렇게 어설프게 우리의 동행은 끝났다.

해가 바뀌고 2학년이 되었을 무렵, 학교로 걸어가는데 오토바이 소리가 들렸다. 머리를 금발로 염색한 그 애가, 그때의 그 무서운 형들과 오토바이를 타고 내 맞은편에서 달려오고 있었다. 우리 둘은 잠시 눈이 마주쳤지만 곧 고개를 돌렸다. 누가 먼저 돌렸는지는 지금도 기억나지 않는다.

그 애의 이름을 물어보지 않은 것을, 나는 지금도 가끔 후회한다.

나의 데미안에게

아주 오래전 여름이었을 거야.

태국으로 가는 비행기 안에서 나는 소설 『데미안』을 꺼내서 너에게 보여 주었지. 너는 이미 『데미안』을 읽고 있다고 했어. 그 순간 여행의 방향이 바뀌게 되었어.

그 여행은 포기하기 위한 여행이었어.

어느 순간부터 무엇을 해도 가슴이 뛰지 않았어. 내가 하고 있는 모든 것이 가짜 같았어. 그런 마음은 한 번만 찾아온 것이 아니야. 내 몸이 잠시 멈출 때마다 꼬박꼬박 찾아왔어. 어딘가로 정신없이 달려가듯 일을 하다가, 그 일을 마치고 잠시 숨을 돌리는 순간, 어쩌면 잘못 달려왔다는 생각이 드는 거야. 그럴

때마다 나는 한 번이라도 제대로 달려 보고 싶어서 다시 방향을 바꿔 또 정신없이 달려갔지. 마당극에서 판소리로, 판소리에서 연극으로, 연극에서 뮤지컬로. 그러다 보니 십 년이 흘렀고, 나는 또 어디로 어떻게 달려야 할지 아득해졌어. 이제는 주저앉고 말 거라는 생각이 들었지.

그때 네가 말했지. 여행을 다녀오자고. 잠시 중력을 벗어나자고.

그때 처음 알았어. 나는 거의 한 번도 나를 위한 여행을 다녀본 적이 없었어. 늘 공연을 위한 여행이었지. 마지막을 정리하기에 좋은 선택이라는 생각이 들었어.

난 어딘가로 떠날 때 늘 부담이 있었어. 많은 읽을거리를 챙겨야 한다는 이상한 부담, 그래야 쉬면서도 무언가를 떠올릴 수 있다고. 하지만 그것마저 나는 벗어나야 했고, 벗어나고 싶었던 거야. 집에 있는 책들은 모두 '뭔가'를 떠올리기 위해 산 것들이었어.

'나를 위한 여행'을 앞두고 서점으로 달려갔지. 보자마자 눈에 띄는 책을 가져가려고. 이상해, 그때 왜 『데미안』이 눈에 들어왔을까.

반가운 마음이 컸을 거야. 중학생이 되었을 때 아버지가 선물로 사 준 책이었거든. 내용이 기억나진 않았어. "새는 신에게로 날아간다. 그 신의 이름은 아브락사스." 정도만 어렴풋이 떠올랐지.

나는 오래된 친구를 만난 것처럼 책장을 가볍게 넘겨 보았어. 그러다 한 문장에서 눈길이 머물렀어.

"전쟁터에 온 병사들은 돌격할 때 모두가 같은 얼굴로 달려가지만, 죽어 가는 순간에는 비로소 자신의 진짜 얼굴로 죽어간다."

갑자기 눈물이 흐르더라. 내 진짜 얼굴이 어떻게 생겼는지 떠오르지가 않는 거야.

난 연극을 시작한 후로 누굴 만나도 웃는 얼굴이었어. 함께하는 동료와의 갈등이 싫어서, 떠나는 단원을 잡고 싶어서, 처음 만나는 관계자에게 좋은 인상을 주고 싶어서…. 이유는 다양했지만 한마디로 난 '좋은 사람'이 되고 싶었던 거야. 좋은 사람이 되려면 늘 웃어야 한다는 압박이 있었지.

어쩌면 그 웃는 얼굴 때문이 아니었을까. 잘못 달려왔다는 생각이 들었던 것은.

난 『데미안』을 집어 들었어. 여행을 다니는 기간 동안, 한 번이라도 좋으니 진짜 얼굴을 찾고 싶었어.

근데 기억나? 난 여행 내내 웃고 있었어. 비행기가 한국을 떠나는 순간, 여행을 나니는 기간 내내, 그리고 다시 한국으로 돌아오는 순간까지, 나는 계속 웃었지. 그저 즐겁고 행복해서 웃었어. 그건 진짜 웃음이었어. 웃는 얼굴에서 다시 웃는 얼굴로 돌아왔지만 아주 먼 길을 돌아온 웃음이었어.

그리고 정말 간절하게, 공연을 만들고 싶다는 생각이 들었어. 어느 순간 『데미안』을 보며 메모를 하고 있더라. 『데미안』을 다시 읽으며 마음속에 몰아쳤던 뜨거움을 무대 위에 고스란히 꺼내 놓고 싶었지.

첫 장면이 바로 떠올랐어. 언제부터 시작되었는지 모르는 전쟁터의 폐허에서, 어디로 돌격하는지도 모른 채 달리고 있는 싱클레어가 생의 마지막을 앞둔 순간에, 자신의 진짜 얼굴을 찾아 나가는 여정.

이 공연의 마지막 장면에 그 진짜 얼굴은 어떤 표정일까. 그 폐허는 언제부터 폐허였을까. 그 폐허의 땅속 깊은 곳을 한없이 파다 보면, 지난 역사의 또 다른 폐허가 솟아나지 않을까. 그렇게 우리가 걷고 있는 이 땅은, 폐허 위를 질주하던 누군가의 힘으로 길이 생겨나고, 그 솟아난 땅이 또다시 폐허가 되고, 그 폐허

위를 또 다른 누군가가 질주하며 지금의 길이 된 것이 아닐까.

그렇다면 우리의 역사에 흘렀던 폐허를 끊임없이 파다 보면, 어쩌면 그 속에서, 역사라는 거대한 얼굴에 파묻혔던 수많은 싱클레어의 진짜 얼굴을 마주할 수도 있겠지. 그 진짜 얼굴은 아마 생의 마지막 순간에 완성된 얼굴일 거야.

우리의 진짜 얼굴도 아마 오랜 세월이 지나서야 마주할 수 있겠지. 『데미안』을 다시 만난 그날 이후, 나는 지금도 여전히 웃는 얼굴이야. 여전히 정신없이 무언가를 하고 있고, 그 무언가가 끝나면 잠시 아득해지기도 해. 하지만 예전처럼 내 진짜 얼굴이 무엇일까 고민하지는 않아. 아직 우리의 생은 계속되고 있으니까. 생의 마지막에 찾아올 진짜 얼굴을 두근거리는 마음으로 기다리며 계속 달려갈 거야.

시간이 좀 더 흐른 뒤 우리가 다시 『데미안』을 무대에 올리는 날이 오겠지. 그날이 오면 우리는 또 한참 동안 같은 얼굴로 살아가게 될 거야. 그 시간을 상상하면 종종 가슴이 뛰어.

오세혁의 상상극장

2024년 6월 30일 1판 1쇄 펴냄

지은이 오세혁
펴낸이 김성규
편집 김안녕 조혜주 한도연
디자인 신혜연
펴낸곳 걷는사람
주소 서울 마포구 월드컵로16길 51 서교자이빌 304호
전화 02 323 2602
팩스 02 323 2603
등록 2016년 11월 18일 제25100-2016-000083호

ISBN 979-11-93412-39-8 04800
ISBN 979-11-89128-13-5 [04800] (세트)